Das erste Stück zeigt eine Zähmung der Widerspenstigen - natürlich in Wien. Zum Beispiel in Simmering, wo Petruchio von Tunichtgut-Radicchio im Schloss Neugebäude sein liederliches Dasein fristet; oder in Hietzing, wo Mama Battista und ihre beiden heiratsfähigen Töchter Bianca (die Gute) und Katharina (die Böse) logieren; oder zu guter Letzt auch in Hort an der Donau (ja, es is hoart an der Donau), wo Hortensio Schlauch, ein Spargelstecher, lebt. Wie findet da jetzt ein jeder sein Glück? Fest steht: Es muss geheiratet werden.
Im zweiten Stück kollidiert italienischer und russischer Stoff sehr frei nach Carlo Goldoni: Das Theater Wendelin Wunderlichs geht den Bach hinunter. Liegt das an der Konkurrenz? Oder etwa an Wunderlichs schillerndem Ensemble, bestehend aus drei Diven und zwei Tenören?
Und dann noch Romeo und Julia. Aber in Purkersdorf?

Franzobel, geboren 1967 in Vöcklabruck, lebt als freischaffender Fahrradfahrer in Wien und betätigt sich gelegentlich auch als Autor von Romanen, Erzählungen, Gedichten, Theaterstücken und Essays.

ROMEO UND JULIA IN PURKERSDORF

PASSAGEN LITERATUR

Franzobel

Romeo und Julia in Purkersdorf

Drei Volksstücke

Passagen Verlag

Deutsche Erstausgabe

Gedruckt mit freundlicher Unterstützung des
Magistrats der Stadt Wien, MA 7, Referat Literatur, und des
Amtes der Oberösterreichischen Landesregierung

Die Deutsche Nationalbibliothek verzeichnet diese
Publikation in der Deutschen Nationalbibliografie;
detaillierte bibliografische Daten sind im Internet
über http://dnb.d-nb.de abrufbar.

ISBN 978-3-85165-990-0

www.passagen.at

Grafisches Konzept: Ecke Bonk
Satz: Passagen Verlag Ges. m. b. H., Wien
Druck: Ferdinand Berger & Söhne GmbH, 3580 Horn

Inhalt

Mit Dank an Maxi Blaha und Adi Hirscherl

Der Impresario von Schmierna

Eine italienisch-russische Stoffkollision
sehr frei nach Goldoni

Mit Liedtexten von Helmut Emersberger
und Musik von Thomas Hojsa

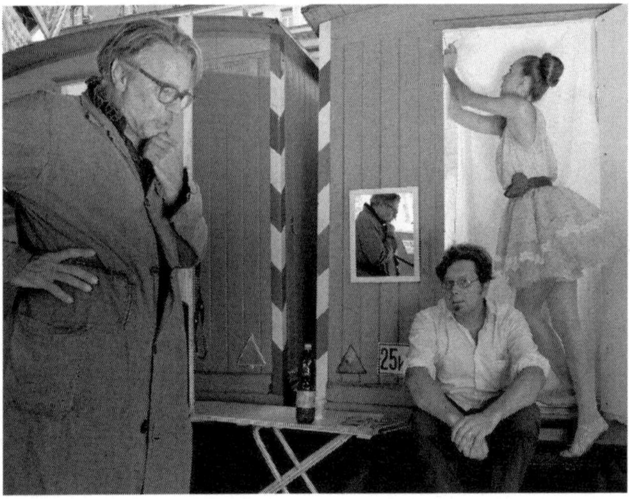

WENDELIN WUNDERLICH, Theaterdirektor, ein Idealist, etwas naiv
IGNAZ BACH, ein junger Schauspieler aus Bad Schallerbach, verliebt in Petra Nimmich
ALPHEUS POIDLSTAYN Faktotum, Souffleur, Maskenbildner, Schneider, gedemütigt, verschlagen, wäre ein begabter Schauspieler, er will sich für die erlittenen Demütigungen rächen, ein hautschlechter Kerl
LUIGI TROMBOSI, Tenor, knödelt, räuspert sich ständig, rasend eifersüchtig, Mann von Demeter Chaisonpola
KLAUS MARIA BRANDTEIGKRAPFERL, Falsett, roter Schal, schwul, Attitüde: Ich bin nicht erfolgreich, weil ich den letzten Schritt nicht gehe. Fürchterlicher Mundgeruch.
PETRA NIMMICH, Junge Sängerin, dunkle Stimme, Sexhauch, unschuldig erotische Ausstrahlung, Tochter des Direktors
GUGGI FLOHAXINGER, Dicke Sängerin, eine Masse Weib, gescheit, verliebt in den Direktor, Tochter eines Konditors, ist ständig auf Diät, denkt aber nur ans Essen
DEMETER CHAISONPOLA, Sängerin mit Migrantenhintergrund, klein, dunkel, eine Zickendiva, Thermoskanne mit Alkohol, Kettenraucherin. Das retardierende Moment ihrer betrunkenen Sätze soll wie bei Karl Valentin in „Die Firmung" funktionieren.

1. AKT, 1

Das Finale der Operette von Romeo und Julia, letzte Töne, schlecht gesungen: „Kommt, offenbart mir ferner, was verborgen lange ward. Ich will dann strafen oder Gnad erteilen. Denn nie verdarben Liebende noch so elendiglich wie diese Julia und ihr Romeo." Schlussapplaus. Man sieht von hinten, wie sich die Sänger verbeugen, einzeln, gemeinsam, sie applaudieren dem Publikum. Nun kommen sie hinter die Bühne, lassen sofort alles liegen und stehen, was Poidlstayn, der selbst im Kostüm eines Baumes steckt, aufräumt. Man merkt, er ist das Mädchen für alles. Die anderen Schauspieler sind damit beschäftigt, sich abzuschminken. Poydlstein kämpft sich durch den Vorhang, öffnet und schließt ihn.

FLOHAXINGER Du hast mir schon wieder meinen Monolog zusammenghaut, du Romeo.

BRANDTEIGKRAPFERL Und wer hustet, wenn ich sing?

FLOHAXINGER Und wer singt, wie ich huste?

NIMMICH Am Nachmittag spielen ist überhaupt das Letzte.

TROMBOSI Ich musse mich selber loben, dase war genial. Schenial. Magnifico. Buona notte!

CHAISONPOLA Das Publikum war zach.

TROMBOSI Du Kokotte. Amore, Unverfrorene.

CHAISONPOLA Nicht so stürmisch, Luigi.

TROMBOSI Ich nix sturmisch, ich Orkan, ich brutto bei Amore. Ich netto deppert.

CHAISONPOLA Luigi.

TROMBOSI Ich eifersüchtig auf mich selbst. So wie du zu mir zartlich bist, es ist eine Porceria, eine Prociuttoschweinerei. Wie kannst du schauen an diese Sänger? Wie kannst du lächeln ihn zu? Wieso?

CHAISONPOLA Erstens hab ich ihn nicht zugelächelt, zweitens gehört das zu meiner Rolle, drittens . . .

TROMBOSI . . . gehört sich das nix. Nächstes Mal gehört es zur Rolle, dass du ihn küsst, du Schlampfen.

CHAISONPOLA Wenn ich die Julia spiel . . .?

NIMMICH Die spielt die Julia seit 200 Jahren.

CHAISONPOLA Gusch. Die Julia war eine Frau mit Erfahrung. *Zu Trombosi* Kann ich was dafür, dass du den Romeo nicht dersingst?

TROMBOSI Poidlstayn!

POIDLSTAYN Seh schon, wegen der Stiefel wär es gewesen.

TROMBOSI Wann sie letztes Mal putzt? Putzte Stiefel sind die Waffe eines Mannes.

CHAISONPOLA Ich hab glaubt Zechenkas.

FLOHAXINGER Meine Socken gehören auch zur Wäsch.

NIMMICH Meine Tütüs auch.

POIDLSTAYN Zwei Stund hab ich bürstet und gwienert und gschrubbt und lieb zugeredt hab i ihnen a.

TROMBOSI Und was ist das?

POIDLSTAYN Das? Ein Loch zum Einesteigen.

TROMBOSI Nicht e das. Das. Eine Slitz?

POIDLSTAYN Eine Slitz? A ein Schlitz? Das dürft von der asiatischen Abstammung des Leders herrühren . . . Moschusrind. Oder von einem ordinären Nagel.

TROMBOSI Soll das heißen, dass ich über Zäune kraxle? Vielleichte nachts? Soll das heißen? Vielleichte gar in Betten anderer Signoras? Will er Zoras? Soll das heißen, dass man als Mann nie mit dem zufrieden ist, was man hat. Hatte man eine Große, will e man eine Kleine. Hatte man eine Rothaarige, will e man eine Blonde. Hatte man eine mit große Dutteln, will e man eine mit kleine Datteln. Soll das vielleichte andeuten, dass ich Casanova bin? Stronzo. Capicci.

POIDLSTAYN Das weiß ich nicht.

TROMBOSI Aber ich weiß. Natürlich nicht. Du! Du Tiramisu!

POIDLSTAYN Wenn Sie jetzt vielleicht trotzdem so gütig wären und mir meinen Obolus . . .

TROMBOSI Oboluse? Obusse? U-Bahn. Bin ich die Wiener Linien? Du glaubste doch nicht im Ernste, dass ich, Luigi Trombosi, der beste Tenor von Hof bis Graben, dir auch noch Monetas dafür gibte, dass du Slitz in schöne Stiefel machst?

POIDLSTAYN Aber ich bräucht es . . .

TROMBOSI Komme morgen wieder. Und schaue meine Frau nicht e so an.

POIDLSTAYN Wie denn?

TROMBOSI So amore.

POIDLSTAYN Ich schau sie nie am Ohre an, ich schau ihr immer in den Mund, wenn ich nicht zu Boden schau, wenn mir mal versehentlich ein Blick auskommt.

TROMBOSI Ich warne dich, mein Vater sein ein Calabreser.

POIDLSTAYN Meiner ist ein Krone-Leser.

TROMBOSI Ich bin eine wilde Stier.

POIDLSTAYN Daschauher! Ich bin nur stier.

TROMBOSI Ach, Poidlstayn, Poidlstayn ...

CHAISONPOLA Ach, Poidlstayn, wärst du so freundlich, uns vom Silberwirt zwei kleine Menüs zu holen.

POIDLSTAYN Vom Silberwirt in Margareten?

CHAISONPOLA Hors d'œuvres, gefüllte Möwe, Thunfisch-Carpaccio, Suppe, Fisch, Fleisch, ein Zwischengang, Geflügel. Champagner! Und Gin zum Verdünnen.

BRANDTEIGKRAPFERL Und mir bringst drei Zigarren mit.

NIMMICH Mir an Kümmelbraten mit am Erdäpfelsalat.

FLOHAXINGER Für mich ein Joghurt – vielleicht mit etwas Fleisch darunter, aber nicht zu knapp. In Blätterteig verpackt.

POIDLSTAYN Freilich. Nur der Silberwirt lässt nimmer anschreiben.

TROMBOSI Soll er nicht sich anschrein lassen, sagst es ihm leise, solle er aufschreiben.

FLOHAXINGER Ich hab glaubt, der sponsert uns?

CHAISONPOLA Abgesehen von der Ehre, uns einladen zu dürfen, lieber Poidlstayn, gebe ich dir auch Gelegenheit, mir damit zum Geburtstag zu gratulieren.

POIDLSTAYN Aber Sie haben doch erst letzte Woche ihren Ehrentag gehabt. Wie alt werden Sie denn diesmal?

TROMBOSI Das e fragt man nicht bei einer Signorina. Und wenn, dann schaute man ihr nicht so aufreizend in den Aufschnitt.

POIDLSTAYN Ausschnitt heißt das. Aufschnitt ist a Wurscht.

TROMBOSI Was? Die Zize für die Latte sollen sein eine Wurscht? Nimm er das zurück, tutto Duttelas san bene, nix Wurscht.

CHAISONPOLA 30. 30sten Geburtstag. Ich seh natürlich jünger aus.

FLOHAXINGER Das macht der Alkohol!

NIMMICH Der konserviert.

CHAISONPOLA Prost.

POIDLSTAYN Mir scheint, die feiert zum achten Mal in Serie ihren 30sten Geburtstag.

CHAISONPOLA Also wenn du zum Wirt gehst, Poidlstayn, darfst du uns auch etwas Torte mitbringen. Punschtorte!

FLOHAXINGER Mein Joghurt nicht vergessen.

POIDLSTAYN Womit zahl ich denn? Hab ja selber nichts. Da werd ich euch Champagner zahlen?

TROMBOSI Morgen kriegt er es zurück.

BRANDTEIGKRAPFERL Und wenn nicht morgen, so doch übermorgen.

TROMBOSI Und jetzt avanti. Dalli dalli.

POIDLSTAYN Des san Falotten. Von denen kriegt man Schädlweh. Muss i wieder a Schachtel Aspirin vergraben. Der Arzt sagt, s wär gescheiter, wenn i s nehmen tät. Blödsinn. Ich schluck ka Chemie. Wenn ma Medikamente in der Erd vergrabt, helfen sie genau so viel . . . der Pharmaindustrie! Das ist erwiesen.

1. AKT, 2

FLOHAXINGER Ja, ist es wahr, traut sich dieses verkommene Subjekt noch unter meine Augen.

POIDLSTAYN Wie denn? Was denn?

FLOHAXINGER Leugnen ist zwecklos. Ich hab es mit eigenen Augen gehört, wie dieser nichtsnutzige Wurm, dieser niedere Kretin gesagt hat, es gibt in unserem Ensemble keine Bessere als die da. Was bedeutet das? Das würde nicht nur bedeuten, dass ich schlechter wäre, es würde auch heißen, dass ich meine Diät unterbrechen müsste, um dem standzuhalten . . .

NIMMICH Der Poidlstayn ist eben jemand mit Geschmack. Der hat sofort erkannt, wer hier Genie hat und wer bestenfalls ein paar unter den Tisch gekehrte Brösel Talent.

POIDLSTAYN Aber das stimmt doch gar net. Ich hab doch nur genickt, als sie mich gefragt hat, ob ich sie wunderbar und ganz phantastisch fand.

FLOHAXINGER So ist das also? Genickt?

NIMMICH Sie sind ganz still. Bei Ihnen hört man doch bei jedem Satz, dass ihr Vater ein Maurer war.

FLOHAXINGER Konditor.

NIMMICH Wenn er so gebacken hat, wie Sie singen, war er ein Maurer.

FLOHAXINGER Er hat so gebacken, dass ich jetzt Diät halten muss. Und so singe ich auch.

NIMMICH Man sieht's eh. Und ihre Stimme? Rasselt wie ein Lungenkranker.

FLOHAXINGER Und Sie? Sie besitzt vielleicht einen Zwirnfaden, aber keine Stimme. Nur Essig in der hohen Lage. Sie! Sie Töchterl!

NIMMICH Das brauch ich mir von ihr nicht sagen lassen. Sie ist es nicht wert, auch nur in der kleinsten Rolle neben mir zu stehen. Sie ist ein Attentat auf die Musik. Der fehlt die Andacht, allein der Name – Floh-Axinger – und dabei solche Stampfer! Am ersten Abend schon singe ich sie an die Wand, zerfetze sie in der Luft.

FLOHAXINGER Eingebildete Kuh. Protektionskind.

NIMMICH Was ist denn Poidlstayn? Wie kann er es zulassen, dass man mich so beleidigt?

FLOHAXINGER Genau, ergreife er Partei, Unwürdiger Zniacht.

POIDLSTAYN Ich weiß nicht recht. Sie sind beide ...

NIMMICH Er muss keine Rücksicht nehmen.

FLOHAXINGER Wieso auch. Immer nur frei und frank heraus. Wird's bald.

NIMMICH Wer ist hier die Primadonna? Und wer ist eine alte krächzende Kreissäge? Wer hat eine Stimme, dass die Götter schmelzen? Und bei wem rosten einem die Ohren ein?

POIDLSTAYN Ich weiß nicht recht. Sie sind beide ...

FLOHAXINGER Wenn du noch länger zögerst, sing ich, bis das Trommelfell dir platzt.

NIMMICH Ich kratz dir die Augen aus mit meinem Hohen C.

FLOHAXINGER Ich beiß dir deinen blöden Schädel ab mit dem Refrain.

NIMMICH Ich nehm dich in den Schwitzkasten mit meinem Akkord.

POIDLSTAYN Aber meine Damen. Sie sind beide gut.

FLOHAXINGER Gut? Banause! Wir sind exzellent, zwei Göttinen ... Aber ich bin natürlich Welten über ihr.

NIMMICH Gar kein Vergleich.

POIDLSTAYN Jetzt werd ich zwei Schachteln Aspirin vergraben.

BRANDTEIGKRAPFERL Poidlstayn! Eine Unverschämtheit! Ich habe dir schon 100 Mal, ach 1.000 Mal gesagt, dass ich das nicht ausstehen kann. So geht das nicht.

POIDLSTAYN Ja, was denn?

BRANDTEIGKRAPFERL Du weißt genau, wovon ich rede.

POIDLSTAYN Wenn ich ehrlich bin, nur ungefähr. So eine kleine Andeutung vielleicht . . . ein Tipp?

BRANDTEIGKRAPFERL Eine bodenlose Gemeinheit ist das. Eine Impertinenz! Und das mir. Dem größten Bariton von hier bis zum Palaton.

POIDLSTAYN Was denn?

BRANDTEIGKRAPFERL Drahtbügel!

POIDLSTAYN Wieso?

BRANDTEIGKRAPFERL Meine besten Anzüge hängen auf Drahtbügeln!

POIDLSTAYN So kommens aus der Reinigung.

BRANDTEIGKRAPFERL Eben! Ich hab schon 100 Mal gesagt, meine Anzüge müssen auf Holzbügeln hängen. Palisander.

POIDLSTAYN Aber.

BRANDTEIGKRAPFERL Kein aber. Zur Strafe wirst du den ganzen Kasten ausräumen und alles fein säuberlich sortieren und wieder einräumen. *Er räumt seinen ganzen Kasten aus*

POIDLSTAYN Aber.

BRANDTEIGKRAPFERL Wenn du dich noch einmal auf so impertinente Weise der Erziehung widersetzt, die ich dir angedeihen lasse. Was weichst du mir denn aus. Bin ich dir vielleicht unangenehm?

POIDLSTAYN Nein, nein, es ist nur, meine momentane pekuniäre Lage. Die Wirtschaftskrise. Ich bräucht . . .

BRANDTEIGKRAPFERL Man muss Geld ausgeben, wenn man welches verdienen will.

POIDLSTAYN Drei Schachteln Aspirin.

1. AKT, 3

„Arie des Inspizienten"
von Poidlstayn gesungen

Wer kann sich dem Zauber entziehen
Den verströmt die Theaterwelt
Was kann uns denn mehr an sich fesseln
Kein Reichtum kein Luxus kein Geld

Doch Theater zu machen ist schwierig
Und es braucht viel Zeit dazu
Viele Menschen sind beteiligt
Werken ohne Rast und Ruh

Und
Ganz unten in der Hierarchie
Ganz unten in der Hierarchie
Ganz unten in der Hierarchie
Bin i

Als Theaterdiener hier zu wirken
Ist nicht wirklich leicht
Und auch nach noch so vielen Jahren
Bin ich noch immer nicht geeicht

Ich muss
Die Hemden bügeln Bühne kehren
Mistkübel beim Ausgang leeren
Essen holen Glocke läuten
Requisiten vorbereiten

Poidlstayn imitiert sie: Ich bin die Actrice mit die langen Fieß, mein Mann, der ist Tenor, der hat nur was am Ohr . . . Poidlstayn, die Stiefel! Poidlstayn, die Zwiefel! Drahtbügel.

Hüte bürsten Bärte kleben
Milch in den Kaffee reingeben
Schuhe putzen Vorhang nähen
Und dann auf die Post noch gehen

Kurz und gut jetzt sehen Sie
Ganz unten in der Hierarchie
Ganz unten in der Hierarchie
Bin i bin i
Ganz unten da bin i

POIDLSTAYN *alleine* Na wartets nur, ihr Egomanen, ihr eitlen Fratzen. Aber bald wird das mein Theater sein. Ein Controller vom Finanzamt ist schon unterwegs. *Er leert die Abendkasse in ein Plastiksackerl* Es hat ja immer Einnahmen gegeben - und versteuert worden ist nix. Es ist ja immer was ins Sackerl gewandert - und aufgefallen ist nix.

1. AKT, 4

WUNDERLICH Na, Poidlstayn, war das gut? Das war bombastisch, ein Erfolg. Die Leut haben getobt. Die hätten sogar noch eine Zugabe vertragen. Und wir waren ausverkauft bis auf den letzten Platz. Wenn nur die Hälfte den vollen Preis bezahlt hat, ist die Abendkasse voll. Was? Ja, auch wenn nur ein Viertel . . . Auch nicht?

POIDLSTAYN Es tut mir leid, das sagen zu müssen, aber die Abendkasse ist leer.

WUNDERLICH Aber wieso denn? Das versteh ich nicht. All die Leute?

POIDLSTAYN Alles Freikarten. Es ist gar nicht leicht, das Haus noch immer voll zu machen. Was glauben Sie, Herr Direktor, was das für eine Anstrengung bedeutet, all die Freikarten unters Volk zu kriegen. Aber ich kann unsere Künstler nicht vor leeren Rängen spielen lassen.

WUNDERLICH Keine Einnahmen?

POIDLSTAYN Nix.

WUNDERLICH Dann ist alles aus. Wovon soll ich die Gebietskrankenkasse, die Mitarbeitervorsorge, die Kommunalsteuer, die Dienstgeberabgabe, die Gebrauchsabgabe, die Umsatzsteuervoranmeldung, von den Gagen will ich gar nicht reden, zahlen? Wir haben abgewirtschaftet. Man pinkelt mich an, obwohl ich gutes Theater mache und den Leuten Arbeit gebe. Aber jetzt ist es vorbei. Jetzt kann ich zudrehen.

POIDLSTAYN Aber Herr Direktor, was machens denn für ein Gesicht.

WUNDERLICH Ach Poidlstayn, wenn ich dir sag, es ist aus. Die Finanz sitzt mir im Gnack, man hat mir einen Rechnungsprüfer angekündigt. Irgendwer muss mich verpfiffen haben.

POIDLSTAYN Wer macht denn so etwas? So schlechte Leute soll es geben? Nein, das kann ich gar nicht glauben. Sie hat jemand angezeigt? Ja, wer tut denn sowas?

WUNDERLICH Ich halte es selbst ja nicht für möglich. Aber es ist so. Und den Banken bin i wurscht, die haben dem Hahn die Gurgel abdreht. Wenn nicht noch ein Wunder geschieht, muss ich die Truppe auflösen.

POIDLSTAYN Das darf nicht sein.

WUNDERLICH Ach Poidlstayn, bemüh dich net. Es ist vorbei.

POIDLSTAYN Das ist entsetzlich.

WUNDERLICH Du brauchst mich nicht trösten. Es ist aus ... *Er ruft das Ensemble* Trombosi! Demeter! Flohaxinger! Brandteigkrapferl! Petra! Alle herkommen! Sofort!

TROMBOSI Was ist denn los?
FLOHAXINGER Gibt es Geld?
CHAISONPOLA Samma fürn Nestroy nominiert?
NIMMICH Das ist wahrscheinlich, sehr wahrscheinlich unwahrscheinlich.
FLOHAXINGER Dann wird vielleicht etwas gefeiert? Eine Verlobung vielleicht?
NIMMICH Wer denn gar?
FLOHAXINGER Vielleicht der Direktor? Er ist ein stattlicher Mensch.
NIMMICH Mein Papa? Wie kommens denn auf so etwas?
FLOHAXINGER Na ja, er schaut mich immer an, da könnt man direkt schwach werden, so wie der einem anschaut. Und ich bin auch weich, ich kann gar nicht hart sein.
NIMMICH Sie? Als meine Stiefmutter? Pfui. Nein danke.
FLOHAXINGER Und Sie? Nur weil Sie jung und hübsch sind, glauben Sie, Sie wären attraktiv . . .? Lächerlich.
WUNDERLICH Meine lieben Kinder, meine Künstler. Ich habe euch eine gute Nachricht zu verkünden. Wunderlich gibt nicht auf. Noch immer bewerben sich junge Schauspieler, grad heut hab ich noch einen jugendlichen Liebhaber zum Vorsprechen bestellt, den ich zwar nach Hause schicken muss, aber das zeigt, uns eilt ein Ruf voraus. Wie heißt die Zukunft? Wunderlich! Ihr werdet sehen, alles wird gut, und wenn ich eure Gagen jetzt nicht zahlen kann, ist das vielleicht nur eine kleine Konjunkturschwäche, ein vorübergehender pekuniärer Tiefpunkt . . . aber ihr werdet sehen, wir erholen uns, Theater ist zeitlos, grenzenlos. Gut, vielleicht haben wir eine Weile lang nichts zu essen, vielleicht werden sie uns auch den Strom abdrehen, und die Frauen haben nichts zu schminken, aber

wir haben immer noch den Glauben. Den Gauben an uns, an unsere Kunst, an das Theater, die Musik. Theater macht gescheit und schön und langhaxig und blond und volllippig. Unser Beruf hat etwas mit Magie zu tun. Wir leben davon, dass uns die Alten Geheimnisse zuflüstern. Wir sind privilegiert.

BRANDTEIGKRAPFERL Auf mich können Sie zählen, Wunderlich. Mensch! Ich lasse sie nicht im Stich. Ich bleiben ihnen immer treu – im Herzen. Meine Stimme muss ich natürlich woanders hin verlagern, meine Stimme ist eine Hure. Aber sobald es Ihnen wieder besser geht, kehre ich sofort zurück. Ehrenwort.

TROMBOSI Haben Sie denn keine Rücklagen? Wir haben schließlich Auslagen. Nein? Keine Einlagen? Zulagen? Wenn das so ist, kündige ich. Ohne Auflagen.

CHAISONPOLA Ich mache das, was mein Luigi macht.

FLOHAXINGER Ich wäre die Letzte, die nur des Geldes wegen ginge. Ich bin die erste, die sich aufopfert, dafür bin ich stadtbekannt. Aber selbst ich muss von etwas leben. Dabei bin ich gar nicht anspruchsvoll. Ich bin in ärmlichen Verhältnissen aufgewachsen, der Swimmingpool bei uns daheim war nicht überdacht. Wir hatten nur zwei Hausmädchen. Ich war schon fünfeinhalb, als ich meinen ersten eigenen Fernseher bekam.

WUNDERLICH Aber, das könnt ihr mir doch nicht antun. Petra? Was ist mit dir?

NIMMICH Ich spür jetzt auch schon eine depressive Stimmung auf den Schultern.

WUNDERLICH Du musst bleiben! Du bist meine Tochter.

NIMMICH Ich bin wetterfühlig. Weißt du, ich wollte immer schon einmal etwas reisen.

WUNDERLICH Dann bleibt mir also niemand. Alle fliehen von Wunderlichs wunderliche Operetten- und Theaterbühne. Und warum, weil ich so ein Idiot bin.

„Packlied“

Wir packen und verlassen
Diesen armseligen Ort
Schneller als ein Pfitschipfeu
Samma alle fort

Wir sind überhaupt nicht angewiesen
Auf die Stellung da
Schnappen unsere sieben Zwetschgen
Sagn zum Abschied leis Baba

Wir packen und verlassen
Diesen armseligen Ort
Wir lassen ihn zurück
Und gehen alle fort

1. AKT, 6

POIDLSTAYN Schicksal, was bist du so grausam? Was nützt es, wenn der Prüfer vom Finanzamt kommt, den Wunderlich einsperrt und ich mit dem jahrelang unterschlagenen Geld das Theater übernehm, wenn es dann kein Theater mehr gibt, weil das Ensemble weg ist. Dann krieg ich keinen Preis, dann hab ich ihn zu zahlen. Ich muss verhindern, dass jetzt alle gehen. Nur wie? Ich könnt . . . Nein, das ist ein Blödsinn, vielleicht? Na. Poidlstayn, streng dich an. Ha! Das ist's. Da wird mir warm ums Herz. Poidlstayn, da musst dich selber loben.

TROMBOSI Ich e löse die Kontrakt. Man e wird mich nehmen mit offenen Armen in Offenbach.

CHAISONPOLA Zeit, dass wir hier weg kommen. Wunderlichs wunderliche Theater- und Operettenbühne? Dagegen ist die Familie Petz wie Strindberg.

TROMBOSI Und du mache nicht so ein Gesicht.
CHAISONPOLA Was denn?
TROMBOSI Glaubst du, ich habe nicht gesehen, wie du den Direktore angesehen hast.
CHAISONPOLA Wie denn?
TROMBOSI Flitschig.
CHAISONPOLA Wie?
TROMBOSI Flitschig.
CHAISONPOLA Das heißt glitschig und so kann man gar nicht schauen.
POIDLSTAYN Entschuldigung. Wegen den Menüs wär's gewesen. Der Wirt hat gesagt . . .
CHAISONPOLA Dich werden wir vermissen.
TROMBOSI Wie meinst du das. Bin e ick dir nicht gut genug? Noch so eine eindeutig zweideutige Bemerkung, und ich vergesse mich.
POIDLSTAYN Dann wollen die Herrschaften Künstler also wirklich abreisen.
CHAISONPOLA Wir sind fest entschlossen.
POIDLSTAYN Und das Schicksal des Direktors lässt sie kalt?
CHAISONPOLA Hat er sich was angetan?
TROMBOSI Uns! Uns hat er etwas angetan. Keine Gage. Niemand kann mir zahlen, was ich e verdien, aber wenn ich gar nichts krieg, ist Krieg.
POIDLSTAYN Das ist schad.
TROMBOSI Schad? Eine Fortuna. Schad nur für den Wunderlich. Für uns keine Schad.
CHAISONPOLA Und keine Schand. Um uns reißen sich die großen Häuser. Mein Agent überhäuft uns mit Angeboten. Ich würd gern dem Wunderlich die Treue halten, aber ich muss spielen. Das bin ich meinem Publikum schuldig.
POIDLSTAYN Schad für Sie.
CHAISONPOLA Für uns? Lächerlich. Er phantasiert!
TROMBOSI Sicher eine Trick!

CHAISONPOLA Aber nicht mit uns!

POIDLSTAYN Bitte, dann halt nicht . . . Ich an Ihrer Stelle würde allerdings noch warten, bis . . .

CHAISONPOLA Bis was?

POIDLSTAYN Es ist aber ein Geheimnis.

TROMBOSI Wir sind Geheimnisträger. Portatore di secreto!

CHAISONPOLA Schweindl!

POIDLSTAYN Also werd ich Ihnen eine kleine Sensation anvertrauen. Absolut vertraulich. Also bitte: Verschwiegenheit. Ein Russe, ein steinreicher Oligarch aus Schmierna ist am Semmering. Man hat ihm eingeredet, dass Schmierna unbedingt eine Oper braucht. Angeblich will er sich hier eine Schauspieler- und Operettentruppe zusammenkaufen. Es heißt, der ist sehr reich.

TROMBOSI Wie reich?

POIDLSTAYN Sehr, sehr reich, ein Rubelmugel. Weiters heißt's, er ist sehr großzügig.

CHAISONPOLA Mir wird ganz heiß, wenn's so viel heißt.

„Gerüchtecouplet"

CHAISONPOLA, TROMBOSI
Hast du gehört was der da sagt
Das wär ja wirklich fein
Ein superreicher Russe kommt
Und kauft bei uns da ein
Wann kommt er denn was weiß denn ich
Wahrscheinlich nächste Wochn
Nur eins ist klar und das steht fest
Den werma leichter mochn
Mir wird schon richtig kribbelig
Vor Neugier ich zerspring
Was hat er gsagt wo ist er jetzt
Im Grandhotel am Semmering
Jetzt ist am allerwichtigsten

Dass niemand was erfährt
Dass keiner von der Hundstruppen
Von der Geschichte hört

Trallali und trallala
Was ham wir für ein Schwein
Trallala und trallali
Den brat ma uns jetzt ein

FLOHAXINGER
Ein superreicher Russe kommt
Und kauft bei uns da ein
Übermorgen ist er do
Na schau oft geht's a so
Jetzt is er scho in Simmering
Praktisch vor der Tür
Eines weiß ich ganz bestimmt
Die Hockn ghört scho mir
Trallali und trallala
Das hört sich blendend an
Do auf der Besetzungscouch
Wer i eam vazahn

NIMMICH
Aha hört hört was geht da ab
Die Gurkn macht sich Hoffnung
In diesem Falle brauch ich
A speziellere Bewaffnung
Der Russ ist schon in Ottakring
Morgen kommt er her
Ach was ich schieb den Rock hinauf
Das ist ja nicht so schwer

Trallali und trallala
Russland liegt im Westen
Wollns was wissen fragn Sie mich
Ich weiß es doch am Besten

BRANDTEIGKRAPFERL
Der Riese haust in New Orleans
So viel hab ich verstanden
Wenn alles gut geht komme ich
Dem Hause hier abhanden
Dann sing ich in der Opera
Im schönen Margareten
Und krieg als Gage wunderschöne
Neue Stiefeletten

Trallali und trallala
Wie gut dass niemand weiß
Dass ich Klaus Maria
Brandteigkrapferl heiß

WUNDERLICH
Ein Oligarch steht vor der Tür
Das ist ja wunderbar
Am Kohlmarkt ist er, Nummer vier
In zehn Minuten da
So klopft das Schicksal an die Pforte
Dieser heilgen Halln
Von mir kriegt er die Worte
Ich lasse mir ein Stück einfalln

Trallali und Trallala
Er weiß dann ohnehin
Dass ich wirklich wichtig
Und unentbehrlich bin

ALLE
Hurra Hurra Hurra
Dreifach Hoch und Jubel
Ein riesig reicher Russe kommt
Und reibt uns reichlich Rubel

1. AKT, 7

NIMMICH In Wien könnte es passieren, dass mich eine viel schlechtere Kollegin durch bloße Gehässigkeiten und Verleumdungen hinausintrigiert - nur weil ich Tochter bin. In dieser Stadt wird ja alles planmäßig kaputtgeredet. Daher gehe ich nach Schmierna.

FLOHAXINGER Und wenn er Sie gar nicht engagiert, meine Liebe?

NIMMICH So blöd wird er nicht sein. Alle, die mich engagieren, verdienen Unsummen an mir. Ein einziger Triller, eine einzige Kadenz und das Publikum rast. Solche Töne muss man zehn Jahre lang mit geschlossenem Mund üben. Ich habe 32 Töne, kenne alle Opern, beherrsche das komische und das tragische Fach. Ich bin immer die erste in der Maske und die letzte beim Verbeugen.

FLOHAXINGER In Russland ist mehr mein Typ gefragt, da sieht man nur die größte Babuschka, die kleineren Ninotschkas werden verschluckt.

BRANDTEIGKRAPFERL Aber meine Damen, ich muss Sie doch sehr bitten. Es ist von fundamentaler Wichtigkeit, dass meine Anzüge immer auf Holzkleiderbügeln hängen. Palisander. Und noch wichtiger freilich ist, dass die Überzüge nicht verrutschen.

1. AKT, 8

WUNDERLICH Mir ist zu Ohren gekommen, ein Russe, ein Oligarch, und ich habe gehört, er will das ganze Ensemble. Und da wird er sicher auch einen Direktor wollen. Nein, wird er nicht, Direktoren haben die genug. Aber ein Stück wird er wollen, etwas, dass ihm sein russisches Blut in Weißrussenglut bringt. Ich werde ihm ein Libretto schreiben, das sich gewaschen hat. Ich werde berühmt in Schmierna. Ich denk da an ein Singspiel mit dem Titel: Der Samowar von Temesvar. Nein, das ist zu blöd. Was Griffiges. Vielleicht Kaviar im Klavier, Krimsekt im Prospekt. Nein. Jetzt, jetzt hab ich's: Olga Wolga, Ivan Divan. Nein. Rasputin, Katharina die Große, Boris Godunow war ein Off. Nein, mir fällt nichts ein.

POIDLSTAYN Wenn ich vielleicht helfen dürft.

WUNDERLICH Geh Poidlstayn, was weißt denn du von Russland?

POIDLSTAYN Väterchen Frost. Russische Taiga. Winter.

WUNDERLICH Gut. Weiter.

POIDLSTAYN Eine Kleinstadt voller Korruption. Auf einmal heißt es, ein Inspektor kommt. Alle fallen in Panik.

WUNDERLICH Was mir so alles einfällt.

POIDLSTAYN Jetzt kommt ein kleiner Schmierenkomödiant, den alle für den Inspektor halten und bewirten und ihm in den . . . kriechen.

WUNDERLICH Herrlich. Ich hab Phantasie, das muss ich mir lassen. Ich werde sofort ein Exposé verfassen. Ach was, ich schreib jetzt gleich das ganze Stück. *Ab*

POIDLSTAYN Ja, nur leider ist das nicht von ihm, auch nicht von mir, sondern von Gogol. Na, das bringt ihm wegen Urheberrechtsverletzung auch noch eine Plagiatsklage ein.

1. AKT, 9

IGNAZ BACH Hallo? Is da wer? Niemand da? Das ist also das Theater. Die Bretter die soviel Welt bedeuten. Hier darf ich also vorsprechen. Ich bin auch überhaupt nicht nervös. Vielleicht so ein bisschen, naja, sagen wir so viel. Gut, meine knie stottern und meine Worte schlottern aber das ist nur die Aufregung.

Ich bin völlig fertig. Ich, der Eleve Ignaz Bach, ist auf dem Weg zu einer Weltkarriere, ganz kurz vor seinem allerersten Engagement. Ich bin schon mit dem Brandauer verglichen worden. Die Tant von meiner Mutter hat gesagt, ich sei eine zweite Elfriede Ott. Gut, die hat zwar ein Aug aus Glas, aber das andere ist wie von einem Bussard. Also, eine Mischung aus Brandauer und Ott. Mein Gesicht ist ein Sprungbrett. Und wenn die keine ordentlichen Gagen zahlen, so ist mir das egal. Zur Not ernähre ich mich von einem Löffel Bühnenstaub am Tag. Hauptsache spielen. Hauptsache Kunst. Theater. Theaterluft! *Er hustet*

1. AKT, 10

POIDLSTAYN Das war eine Idee. Poidlstayn, ich muss dich loben. Alle sind ganz narrisch wegen diesem Russen. Und was die Hauptsache ist, keiner redet mehr vom Fortgehen. Der Direktor schreibt ein neues Stück und bis der Prüfer vom Finanzamt kommt, den ich eigenhändig bestellt hab, bleibt alles, wie es ist, beim Alten - und dann krieg alles ich. Wo der verdammte Kerl nur bleibt?

IGNAZ BACH Ähem.

POIDLSTAYN Ich bin gegenwärtig nicht momentan.

IGNAZ BACH Aber.

POIDLSTAYN Stör mich nicht, Lausbub. Siehst du nicht, dass ich beschäftigt bin. Da habe ich ein Ensemble, das auf einen Russen wartet. Und da hab ich mich, der auf den Prüfer vom Finanzamt wartet. Und da hab ich - keinen Russen, weil den hab ich mir ausgedacht.

IGNAZ BACH Ähem.

POIDLSTAYN Verschwind. Siehst du nicht, dass ich innerlich dischputier. Ich bin im Zwiegespräch mit mir selbst. Und wenn ich nicht aufpass, hab ich nicht das letzte Wort, sondern werd überstimmt von mir selbst.

IGNAZ BACH Aber, ich bin bestellt.

POIDLSTAYN Dann bestell dir selbst, ich hab dich nicht bestellt, verstell mir nicht den Weg, du Bestellung – sonst gibt es eine Prellung.

IGNAZ BACH Unfreundlich sind die in der Stadt.

POIDLSTAYN An Russen bräuchte ich, und bestellt hab ich nur den Finanzer ... Moment, dann ist ja er ... Sie!!! Der Prüfer vom Finanzamt! Sie sind für heute bestellt?

IGNAZ BACH So ist es.

POIDLSTAYN Sie kommen wegen der Gebahrung?

IGNAZ BACH Wegen dem sich gebären und verrenken.

POIDLSTAYN Und wegen der Finanzen.

IGNAZ BACH In erster Linie geht's mir schon um die Kunst.

POIDLSTAYN Ja, schon klar. Die Kunst der Überführung.

IGNAZ BACH Die Kunst der Darstellung.

POIDLSTAYN Das stellt sich alles eigentlich recht einfach dar. Theater. Direktor, Geld, Plastiksackerl, Finanzprüfung, Gefängnis. Neuer Direktor.

IGNAZ BACH Ich bin mehr für Tiefe.

POIDLSTAYN Das ist tief, das ist tief, was da geschieht. Und wegen der Bilanz ...

IGNAZ BACH Fürs Bilanzieren bin ich noch recht jung. Ich bin ja beinah noch ein Anfänger.

POIDLSTAYN Aber ein Frischgefangter sind Sie nicht?

IGNAZ BACH Nein, ich war schon Statist ...

POIDLSTAYN Statistiker? Im Rechnungshof?

IGNAZ BACH An der Burg.

POIDLSTAYN An der Burg? Was, die habens auch schon geprüft? Hauptsache, Sie sind streng.

IGNAZ BACH Ich bin ein Berserker ...

POIDLSTAYN Vor allem zu den Büchern.

IGNAZ BACH Ich halt mich genau an das, was drin steht. Meine Devise lautet . . .

POIDLSTAYN Ja, Devisen, Schwarzgeld, die Bücher sind ja voll davon.

IGNAZ BACH Mir geht es um das Publikum und die Presse.

POIDLSTAYN Freilich. Das wird eine große Glocke, das kommt groß heraus. Skandal im Theater! Unterschlagung!

IGNAZ BACH Ich will alles zeigen, was ich kann. Nichts will ich unterschlagen.

POIDLSTAYN Sag ich ja, hier geht's um Aufdeckung. Um Transparenz!

IGNAZ BACH Ausziehen tu ich mich nicht.

POIDLSTAYN Sie doch nicht, aber der Direktor wird die Hosen runterlassen müssen.

IGNAZ BACH Das ist seine Sache. Mir geht es um den echten, den wahrhaftigen Ausdruck.

POIDLSTAYN Ausdruck? Schriftlich gibt es nichts. Ist ja alles schwarz. Aber Sie werden schon Licht in diese Sache bringen.

IGNAZ BACH Ich bin geboren, um im Licht zu stehen.

POIDLSTAYN Die Tarnung ist perfekt. Wenn ich nicht wüsst, dass der ein Finanzbeamter ist, ich könnt den glatt für einen Trottel halten.

IGNAZ BACH Bin ich denn schon engagiert? Was ist mit dem Direktor?

POIDLSTAYN Pst, da müssen wir vorsichtig sein, ganz vorsichtig. Den Direktor müssen wir kalt erwischen. Am besten in flagranti.

IGNAZ BACH „In flagranti" wird gegeben? Bitte, ich kenn das Stück zwar nicht, wahrscheinlich was Modernes, aber Hauptsache ich muss mich nicht ausziehen.

POIDLSTAYN Und wenn wir ihn haben, gehört er uns.

IGNAZ BACH Aber was soll ich in diesem „In flagranti" spielen?

POIDLSTAYN Das ist eine gute Frage. Bis es soweit ist, brauchen wir eine Tarnung. Vielleicht einen jungen Schauspieler, der sich als Finanzbeamter ausgibt, nein, das ist unglaubwürdig, ein Finanzbeamter, der ein Theaternarr ist? Nein, so etwas gibt es nicht. Ich hab's, einen russischen Oligarchen.

IGNAZ BACH Aber ich kann weder russisch noch oligagarisch. Nicht einmal die marillischen Buchstaben.

POIDLSTAYN Das macht nichts. Sie sagen nur njet und dawei, dawei. Sonst nichts.

IGNAZ BACH Das ist aber keine anspruchsvolle Rolle.

POIDLSTAYN Und ob. Also passens auf, Sie sind ein russischer Oligarch, der sich in Schmierna ein Opernhaus mit Künstlern möblieren will. Die Leut da wollen alle bei Ihnen spielen. Sie haben wahnsinnig viel Geld. Verstehns?

IGNAZ BACH Na.

POIDLSTAYN Wurscht. Sie sagen nur njet und dawei, dawei.

IGNAZ BACH Und das beeindruckt den Direktor?

POIDLSTAYN Und ob. So, und jetzt gehen wir in den Fundus. Da finden wir sicher eine Pelzmütze. Einen Pelzmantel. Und vielleicht sogar einen Leninorden.

IGNAZ BACH Ich staune.

1. AKT, 11

CHAISONPOLA *betrunken* Ich muss jetzt eine Ansprache halten: Freunde, Kollegen, Proletarier. Wir haben uns hier zusammengefunden . . .

TROMBOSI Ja, was fällt denn dir ein. Sofort kommst du mit.

CHAISONPOLA Aber ich muss doch erst die Ansprache absprechen . . . wertes Kollegentum, Kollektariat, . . .

TROMBOSI Du kriegst gleich eine Aussprache. Stupido. Komm jetzt.

NIMMICH Voll wie 1.000 Russen.

FLOHAXINGER Fett wie die russische Erde.

BRANDTEIGKRAPFERL Warum betrinkt sich die Kollegin eigentlich ständig?

NIMMICH Weil sie untalentiert ist.

BRANDTEIGKRAPFERL Jämmerlich. Sie wird doch nicht so dem Russen vorsprechen wollen. Sie macht uns ja alle lächerlich. So etwas färbt ab.

NIMMICH Weiß man eigentlich schon, wann der Russe kommt?

FLOHAXINGER Es hat einmal geheißen zu Mittag.

BRANDTEIGKRAPFERL Und davor hat es geheißen zur Jause

NIMMICH Und jetzt haben wir schon zu Abend gegessen.

FLOHAXINGER Vielleicht kommt der Russe gar nicht. Vielleicht hat er sich schon in Reichenau bedient.

CHAISONPOLA Freunde, Kollegen, Proletarier. Russen und Rosinen. Freunde des Sowjetstaates, Mitbürger innen und außen.

TROMBOSI Kommst du her. Veni qui!

CHAISONPOLA Es gibt Revolution. Die Eier und die Nudeln, hat er gesagt, sind ihm lieber, wenn sie etwas zu weich sind. Die Nudeln muss man länger kochen, damit sie weicher werden, während man die Eier nicht so lange kochen darf. Wenn man aber umgekehrt die Eier zu lang und die Nudeln zu wenig lang kocht, sind beide zu hart. Also ich versteh das nicht. Dabei sind doch Nudeln nichts als Mehl und Eier. Trotzdem verhalten sich diese Nudel-Eier ganz anders als die Eier-Eier. Wenn man nämlich die Eier zu lange kocht, dann sind sie hart, während die Nudeln . . .

BRANDTEIGKRAPFERL In Reichenau? Ohne uns zu sehen? Lächerlich.

NIMMICH Vielleicht gibt es ihn auch gar nicht? Durch wen wissen wir von diesem Russen? Also ich weiß es von dir.

FLOHAXINGER Mir hat es die Chaisonpola unter dem Siegel größter Vertraulichkeit erzählt.

NIMMICH Ich weiß es von Trombosi.

CHAISONPOLA Wenn man aber die Nudeln, die ja fast nur Eier sind, zu wenig lange kocht, sind sie hart, während die Eier dann noch weich wären. Das sind die Geheimnisse der Physik. Genossen! Proletarier. Nudeln und Eier! Alle herhören.

TROMBOSI Gibst du jetzt eine Friede.

FLOHAXINGER Ach, Trombosi. Von wem wisst ihr eigentlich die Sache mit dem Russen?

TROMBOSI Uns hat der Poidlstayn erzählt.

BRANDTEIGKRAPFERL So ist das also.

ALLE Poidlstayn! Poidlstayn!

POIDLSTAYN Man ruft nach mir? Wo brennt's?

NIMMICH Mein lieber Poidlstayn, wir haben da einen Verdacht.

POIDLSTAYN Was denn für einen Verdacht? Den tät ich gleich versieben, neun, vervieren, vereinen . . . oder ist wer untreu?

CHAISONPOLA Beim Verdacht ist es wie mit den Eiern, je länger er kocht, um so mehr tut er sich erhärten, während die Nudeln . . .

FLOHAXINGER Ruhe. Weil wir haben so ein Gespür, dass der Russe gar nicht kommt.

TROMBOSI Was? Nichts Russe.

CHAISONPOLA Wenn man ein Ei und eine Nudel beide etwas weicher haben will, muss man die Nudeln länger und das Ei kürzer, was ganz leicht zu merken ist, weil Nudeln meistens länger als Eier sind, wenigstens beim männlichen Geschlecht, außer bei den Tenören . . .

BRANDTEIGKRAPFERL Wir glauben nämlich, Sie haben sich diesen Russen nur ausgedacht, um uns zum Bleiben zu bewegen.

POIDLSTAYN Ausgedacht? Ich? Das habt ihr euch ausgedacht? Da seids nicht weit gekommen mit euerm

Andenken. Soweit reicht doch meine Phantasie gar nicht. Das ist lieb.

NIMMICH Jetzt gib's schon zu.

FLOHAXINGER Du hast dir einen schlechten Scherz mit uns erlaubt. Aber mit uns scherzt man net.

BRANDTEIGKRAPFERL Ich reg mich überhaupt nicht auf, nein, ich reg mich gar nicht auf. Aber da wird man hingehalten mit gemeinen, giftigen Tricks. Er hat ein Glück, dass ich nicht zum Jähzorn neige.

POIDLSTAYN Es ist lustig, dass Sie davon reden, weil ich hab den Russen ja nur beiläufig erwähnt. Als strengstes Geheimnis.

ALLE *murmeln* Naja.

POIDLSTAYN Davon abgesehen, ist er soeben eingetroffen.

ALLE Was?!

FLOHAXINGER Nicht wahr.

TROMBOSI Unemoglich.

NIMMICH Bitte, das gibt's ja nicht! Und? Kann er es noch erwarten, mich zu sehen? Ich will ihn wirklich nicht länger auf die Folter spannen. Der muss ja schon ganz aufgeregt sein vor lauter Vorfreude und Glück auf mich.

POIDLSTAYN Da kommt er ja.

WUNDERLICH Kinder, Kinder, jetzt hab ich's. Passt einmal auf. Der arme Schmierenkomödiant kommt in die Stadt und alle glauben, er ist der Generalinspektor, . . .

BRANDTEIGKRAPFERL Aber das ist der Direktor.

WUNDERLICH Das glauben die. Tatsächlich ist er nur ein Schauspieler. Aber weil ihn alle für den Generalinspektor halten, . . .

NIMMICH Papa! Wir haben dich für den Russen gehalten.

WUNDERLICH Was heißt? Ist der am End schon da?

IGNAZ BACH *als Russe* Dawei, dawei. Chruschtschow alle miteinander.
FLOHAXINGER Da Russ! Mich trifft der Schlag.
NIMMICH Und der hat wirklich so a Mützen auf, wie wir's im Fundus haben.
IGNAZ BACH Dawei, dawei.
WUNDERLICH Schnell, er will an Wein. Wozu hat man Freunde? Wüstnrot? – Oder wüstn weiß, den Wein. Herblich oder süßlad?
IGNAZ BACH Njet, Wein, paschalska spassiba.
CHAISONPOLA *mit Wodkaflasche* Genosse, da wär Wodka. Aus meinen persönlichen Beständen.
FLOHAXINGER Und da wär ein Braten von zu Mittag. Als Unterlage vielleicht!
IGNAZ BACH Ah. Medizina. Sehr sympathisch.
WUNDERLICH Sehr verehrter Herr . . .
IGNAZ BACH Djepnprotrowstschinskayewitsch, Igor.
WUNDERLICH Sehr verehrter Herr Djepnprotz . . .
IGNAZ BACH Djepnprotrowstschinskayewitsch, Igor.
WUNDERLICH Ich werd Sie Igor nennen.
IGNAZ BACH Na sdarowje.
WUNDERLICH Prost. Was ich höre, interessieren Sie sich für ein Theaterensemble.
IGNAZ BACH Na, natürlich . . . Na sdarowje.
WUNDERLICH Prost. Da kann ich Ihnen gratulieren. Wir leisten hier Einmaliges. Aber ich will Sie gar nicht länger auf die Folter spannen, sondern Ihnen gleich das Ensemble präsentieren. Da wär einmal die Petra.
NIMMICH *lasziv* Nimmich.
IGNAZ BACH Gern.
WUNDERLICH Eine Stimme wie ein Germteig, immer noch am Aufgehen. Fleischgewordene Elektrizität. Konservatorium. Engagements in Hildesheim, Greilsheim und Daheim – und außerdem noch meine Tochter und unverheiratet. Dann hätten wir noch

eine prima zweite Ballerina, die Guggi Flohaxinger, ein Bewegungstalent aus Erdberg.

FLOHAXINGER Es heißt Floh-Axinger und nicht Floh-Haxinger, dann hätt ich nämlich zwei stumme H, haha, aber ich habe nur eines. Floh-Axinger. Wenn Sie mich engagieren, Herr Igor, dann keine Stimme wie ein wackeliger Tisch, sondern etwas Handfestes.

IGNAZ BACH Na sdarowje.

WUNDERLICH Weiters Demeter.

IGNAZ BACH Großen Nase?

WUNDERLICH Nein, Demeter . . .

IGNAZ BACH Wodkaflasche?

WUNDERLICH Nein, Demeter . . .

IGNAZ BACH De met der schönen Stimme.

WUNDERLICH Nein, Demeter zwei Meter. Also Demeter . . . Chaisonpola. Primaballerina mit Migrationshintergrund. Zwei Faceliftings. Botoxlippen. Stimme wie ein Aufzug.

CHAISONPOLA Bei mir können Sie erfahren, warum man Ohren hat.

WUNDERLICH Soweit das Triumphfeminat. Weiter Luigi Trombosi, Tenor aus Carrara, eine Stimme wie ein Marmorschneider. Klaus Maria Brandteigkrapferl, Falsett . . .

IGNAZ BACH Falls was?

WUNDERLICH Falsett, eine Stimme, bei der man nicht weiß, ob Männlein oder Weiblein.

IGNAZ BACH Ein Eunuch.

WUNDERLICH Keunuch! Falsett aus Aschaffenburg, und meine Wenigkeit, Wendelin Wunderlich, Direktor und Librettist.

IGNAZ BACH Na sdarowje.

WUNDERLICH Und was das Beste ist, das Ensemble hält zusammen, so etwas finden Sie kein zweites Mal. Normalerweise sind die Primadonnen ja wie Hund und Katz, nicht aber bei mir, da sind sie wie eine Seele.

IGNAZ BACH Hicks.

WUNDERLICH Weiters weise ich darauf hin, dass ich selbst ein Stück für Schmierna verfasst habe. Arbeitstitel „Väterchen Frost“, das wir morgen in einer Art öffentlichen Generalprobe zum Besten geben werden. Und wenn es Ihnen gefällt, wovon ich ausgehe, können Sie uns mit Punkt und Komma nach Schmierna importieren.

IGNAZ BACH Njet.

WUNDERLICH Aber wieso denn nicht.

IGNAZ BACH Njet. Njet.

WUNDERLICH Was heißt denn das?

POIDLSTAYN Er meint Prost. Njet ist eine Abkürzung für Prost.

ALLE Njet!

IGNAZ BACH *im internen Dialog mit Poidlstayn* Wie lang dauert die Szene noch?

POIDLSTAYN Spielen Sie mit, dann haben wir den Direktor bald soweit.

IGNAZ BACH Aber nicht mehr lang.

POIDLSTAYN Also Njet!

ALLE Njet!

WUNDERLICH Dann ist es ja gut. Angesichts der fortgeschrittenen Stunde schlage ich vor, dass wir ihn nun zu Bette bringen. Für Sie, Herr Igor, gibt's ein Gästebett.

FLOHAXINGER Ich hab ja gsagt, der braucht a Unterlag.

„Schlaflied“ für den Oligarchen

Schlaf Milliardärlein schlaf ein
Die Börsenkurs gehn in die Höh
Wirst sehn das geht oft ganz sche schnö
Schlaf Milliardärlein schlaf ein
Träum von allem was schon dir gehört
Was dein großes Bubenherz betört

Es kommt der Tag du wirst es sehn
Man wird in dein Theater gehen
Schlaf Milliardärlein schlaf ein

Träum von Natalia und träume von der Olga
Wie die Tundra träumt vom Wasser aus der Wolga
Von Krimsekt und Champagner
In Zürs und Lech und Kitz
Von Kugelfisch und Kaviar
Und Wodkasaunaschwitz
Schlaf Milliardärlein schlaf ein

Die Luxusjacht sie steht bereit
Zur Kreuzfahrt ist sie klar
Jetzt und auch in Ewigkeit
Die Bodyguards sind da
Rubine und Smaragde
Vierzehnhundert Nackte
Lamborghini und Ferrari
Du brauchst niemals spari
Schlaf Milliardärlein schlaf ein

1. AKT, 13

Ignaz Bach liegt im Bett, schnarcht, träumt laut, da kommt Poidlstayn im Pyjama

POIDLSTAYN Ich bin's. Wachen Sie auf.
IGNAZ BACH Uahh!
POIDLSTAYN Pst. Ich bin's. Gut haben Sie das gemacht. Sie dürfen sich nur nichts anmerken lassen. Immer nur njet und dawei, dawei sagen. Und nicht vergessen, ich bekomm dann das Theater.
IGNAZ BACH Ich versteh gar nichts.
POIDLSTAYN Sind Sie nun vom Finanzamt oder net?
IGNAZ BACH Njet.
POIDLSTAYN Na also. Die Welt ist grausam und ver-

schont niemand. Morgen werden wir die Übergabe inszenieren – und dann gehört das Theater mir.

IGNAZ BACH Was?

POIDLSTAYN Pst. Ich hör etwas. Ich versteck mich lieber.

NIMMICH Je t'aime. Mon amour. Je t'aime.

IGNAZ BACH Was? Schatehn ma auf? Jetzt schon?

NIMMICH Pst. Warum sagen Sie mir denn nicht, dass Sie sich freuen, mich hier zu sehen? Ich seh schon, weil Ihnen die Worte fehlen. Wie ist eigentlich so Ihr Familienstand? *Sie nimmt seine Hand, sieht nach.* Ledig. Oder haben Sie den Hochzeitsring entfernt? Kleiner sibirischer Schlingel.

IGNAZ BACH Njet.

NIMMICH Sie glauben vielleicht, die ist sehr nett, solang man nicht mit ihr verheiratet ist. Aber ich sag Ihnen, das Beste entgeht Ihnen. Egal. Wissen Sie, weshalb ich da bin? *Sie küsst ihn fast*

IGNAZ BACH Njet.

NIMMICH Ich brauche einen Auftritt. Wenn ich die Aida singe, spüren Sie auch die Steine Italiens unter Ihren Füßen.

IGNAZ BACH Spielt Aida nicht in Marokko?

NIMMICH Das war ja nur ein Beispiel. Wie können Sie so reden? So gemein. Glauben Sie, ich weiß nicht, wo die Aida spielt? Ich bin eine große Künstlerin. *Sie küsst ihn fast* Aber wir sind alle Opfer unserer Leidenschaft.

IGNAZ BACH Da. Da.

NIMMICH Wo? Wo?

IGNAZ BACH Da. Da.

NIMMICH Was?

IGNAZ BACH Da sein russisch für ja.

NIMMICH Ah so.

IGNAZ BACH Da.

NIMMICH Wie haben Sie eigentlich Ihr Geld gemacht?

IGNAZ BACH Plötzlich.

NIMMICH Aber wie? Mit Was?

IGNAZ BACH Mit was?

NIMMICH Mit was?

IGNAZ BACH Mit Was . . . mit Wasser!

NIMMICH Mit Wasser!

IGNAZ BACH In Schmierna es gibt 200.000 Jahre altes Wasser. Das verkaufe ich als Wasserlikör. Man muss es nur verdünnen mit Wasser – hat man echtes Heilwasser. Schmierna-Wasser. Davor ich habe erfunden Knick im Strohhalm, Tetrapak und Schirmchen für Eisdessert.

NIMMICH Genug, sprechen wir nicht länger von der Politik. Ich lese nur Comics und Gesellschaftsklatsch, der Rest interessiert mich nicht. Sie auch? Da kommt wer. Erwarten Sie noch wen? Ich werd mich verstecken. *Sie kriecht unter seine Decke, kitzelt ihn in weiterer Folge etwas, sodass er unvermittelt lacht*

FLOHAXINGER Lieber Igor! Hier riecht es so. Hmmm. So nach Stinktier. War die Nimmich hier?

IGNAZ BACH Nimmich? Nimmich? Njet.

FLOHAXINGER Komisch. Ich könnt schwören. Die bildet sich nämlich ein, dass sie mir ebenbürtig ist, dabei hat die ja nicht einmal ein Diplom, die kann auch nicht richtig sprechen. Nicht einmal atmen kann die. Aber Sie haben das natürlich selbst sofort erkannt, Sie als gestandener Russe. Ich hab sofort gesehen, dass Sie so ein richtig richtiger Russe sind – ich hab nämlich Menschenkenntnis.

IGNAZ BACH Njet. Du. Warum hier?

FLOHAXINGER Aus Nächstenliebe. Um Ihnen klarzumachen, dass es eine Primadonna gibt und eine Secunda Dumma. Ein Sopran und ein Mezzo. Die anderen Sänger können sich gleich verstecken.

IGNAZ BACH Da.

FLOHAXINGER Ja da, wie an jedem anderen Theater. Auch in Schmierna.

IGNAZ BACH Da.
FLOHAXINGER Ja, da auch.
IGNAZ BACH Da sein russisch für ja.
FLOHAXINGER Ah so. Dada. Ich bin ja mehr für die Impressionisten. Freilich brauchen Sie uns beide. Mich und die Nimmich. Aber auf meiner Stimme können Sie tanzen Kasatschok.
IGNAZ BACH Sind die Damen nicht gestritten?
FLOHAXINGER Gestritten kann man nicht so sagen, nur Differenzen auf künstlerischer Basis. Aber privat verstehen wir uns bestens, ich und sie, die Nimmich. *Sie küsst ihn fast* Wir sind uns direkt angenehm. Es fehlt nur mehr so viel und wir sind Freundinnen. Da kommt wer. Ich hör was.
IGNAZ BACH Sputnik.
FLOHAXINGER Ja, ich sput mich. Nur, wo vesteck ich mich? Da.

BRANDTEIGKRAPFERL Herr Igor? Schlafen Sie schon?
IGNAZ BACH Da.
BRANDTEIGKRAPFERL Ich muss Sie sprechen. Es ist nämlich so, bevor Sie diesen Laden hier kaufen, muss ich Sie warnen. *Er legt sich zu ihm ins Bett*
IGNAZ BACH Warum?
BRANDTEIGKRAPFERL Warum? Weil Schmierna mir am Herzen liegt. Mein Großvater war aus Schmierna, der war Sägewerksbesitzer.
IGNAZ BACH In Schmierna gibt es keine Bäume.
BRANDTEIGKRAPFERL Eben. Das ist der Verdienst meines Großvaters, hat alles niedergeschlagen, dieser Verkarstungsverbrecher, der hat alles abgeholzt, jeden einzelnen Stammbaum.
IGNAZ BACH Ich eigentlich aus Nischni Nowgorod
BRANDTEIGKRAPFERL Nein, das ist nicht wahr. Lass dich küssen. Nischni Nowgorod, da gibt man Salz aufs Brot, das macht die Wangen rot. Meine Verwandten mütterlicherseits stammen von dort. Diamantenhänd-

ler. Bei der Revolution mussten sie fliehen. Und damit sie nicht mit leeren Händen türmten, haben sie alle Diamanten gegessen. Wie sie dann in Europa waren, haben sie sie wieder ausgekackt. Jetzt muss ich immer, wenn ich Diamanten sehe, an die Gedärme meiner Verwandtschaft denken. Tja, was wär der Sozialismus ohne diese Proleten.

IGNAZ BACH Ich muss wissen - du sein Weiblein oder Männlein?

BRANDTEIGKRAPFERL Pst, jemand kommt. Leider net i.

CHAISONPOLA Genosse, wir genössen uns.

IGNAZ BACH Nicht so laut. Tut Ihnen auch der Kopf so weh?

CHAISONPOLA Nein, aber Ihr Anblick schmerzt mich. Geben Sie mir einen - nein, geben Sie es zu, Sie sind mir auch verfallen. Aber ich warne Sie, tun Sie sich das mit mir nicht an, ich bin eine Diva.

IGNAZ BACH Sie trinken zu viel.

CHAISONPOLA Und Sie reden zu viel, aber zu wenig Russisch.

IGNAZ BACH Wie meinen?

CHAISONPOLA Dass Sie gar kein richtiger Russe sind. Ich kenne die Russen. Leidenschaft! Stiefel! Trinken! Singen! Weinen! Das war Babuschka ... Aber Sie sind keiner. Sie können ja nicht einmal Russisch. Aber mich können Sie nicht anschmieren, Sie sind nämlich ein Liptauer. Das habe ich sofort durchschaut. Das ist wie bei den Nudeln und Eiern. Aber keine Angst, ich sage nichts, ich sage nie etwas. Mein innerstes Wesen ist Dischkretion.

IGNAZ BACH Sie sind betrunken.

CHAISONPOLA Betrunken? Ich bin eine Alkoholikerin. Aber es gelingt mir gut, diese Eigenschaft zu verbergen. Dischkretion.

WUNDERLICH Herr Igor ...

CHAISONPOLA Da kommt wer. Ich muss mich verstecken.

IGNAZ BACH Gott sei Dank kommt wer!

WUNDERLICH *mit Nüsseautomat, den er mitgehen lassen hat* Herr Igor! Schlafen Sie schon?

IGNAZ BACH Njet. Kann nicht.

WUNDERLICH Ich war noch aus. Da habe ich Ihnen etwas mitgebracht.

IGNAZ BACH Nüsse?

WUNDERLICH Wollen Sie mit mir zusammenarbeiten?

IGNAZ BACH Bei Betrügereien gegen Finanzamt?

WUNDERLICH Na, man muss nicht gleich das Schlimmste denken.

IGNAZ BACH Die Sänger . . .

WUNDERLICH Die? Gut, ich protegiere sie, aber die sind doch viel zu klein für die großen Sätze, die sie dauernd singen. Die verstehen nichts von Kunst. Ohne mich sind die nichts, ohne mich können sie nur nuscheln. Aber wir zwei beide, Sie und ich, wir können eine völlig neue Form des Theaters entwickeln. Sie mit Ihrem Geld, ich mit meinen Ideen. Zuerst Schmierna. Dann das Bolschoi-Theater und zum Schluss der Rote Platz. Die hohe Kunst ist ein fürchterlicher Prozess mit nur einem Richter, dem Publikum. Theater ist vollständige Entäußerung, das ist wie FKK ohne Haut, wie ein Kaffee ohne Milch, wie die Angst vor der Haut auf dem Kakao . . .

IGNAZ BACH Der zieht sich einfach gern aus.

TROMBOSI *mit Revolver* Wo ist sie? Irgendwo muss sie doch sein. Aber ich erwische sie, diese Schlampfen, Puttana, und dann ich schießen ihr die Makkaroni aus Köpfchen. Wo sie sein? Direktore? Nimmich? Flohaxinger? Und du, Brandteigkrapferl? Was du machen hier?

BRANDTEIGKRAPFERL Ich muss schlafgewandelt sein.

Trombosi schießt . . . Chaisonpola hustet

TROMBOSI Hab ick dick! Du Schlampenschirm! Schweig! Ich glaub dir kein Wort! Was ist hier eigentlich? Hier ist eine muffige Atmosphäre. Eine Geheimtreffen auf die Besetzungscouch? Ohne mich?

„Die Besetzungscouch"

CHAISONPOLA
Was ist das die Besetzungscouch
Noch nie davon gehört
Du hast uns ganz einfach
Beim Schlafengehn gestört

NIMMICH
Besetzungscouch Besetzungscouch
Welch unerhörtes Wort
Hab keine Ahnung was das ist
War noch niemals dort

FLOHAXINGER
Wo steht denn diese Couch genau
Und wie sieht sie aus
Unschuldig weiß gar hoffnungsgrün
So sag schon rück es raus

TROMBOSI
Besetzungscouch ist überall
Und nirgendwo zugleich
So manche hat sie hoch gespült
Berühmt gemacht und reich

BRANDTEIGKRAPFERL
Berühmt gemacht und reich sagst du
Das interessiert uns sehr
Wir wollen das genau erfahrn
Erzähl uns bitte mehr

TROMBOSI
Schauts mich nicht für an Dodel an
Ihr wisst es doch genau
Ihr braucht überhaupt nicht glauben
Dass ich euch nicht durchschau

ALLE
Gut dann geben wir
Dann geben wir
Dann geben wir
Dann geben wir
Dann geben wir
Dann geben wir es zu

Wir lieben die Besetzungscouch
Sie hat uns weit gebracht
Wir fühln uns pudelwohl dabei
Im Schlafzimmer der Macht
Wir lieben die Besetzungscouch
Und legn uns gerne drauf
Ein ganz klein wenig sinkt man hin
Doch dann geht es bergauf
Über die Besetzungscouch
Wir lieben die Besetzungscouch
Sie hat uns weit gebracht
Wir fühln uns pudelwohl dabei
Im Schlafzimmer der Macht
Wir lieben die Besetzungscouch
Und legn uns gerne drauf
Man braucht nicht viel Talent dazu
Und dann geht's steil bergauf
Über die Besetzungscouch

PAUSE

2. AKT, 1

Generalprobe. Flohaxinger im Kostüm einer fallenden Schneeflocke, Nimmich als Erkältung im grünen Kostüm mit Rotzglöckchen und Chaisonpola als singender Samowar

„Quodlibet“

Chruschtschow die Damen Stalin die Herren
Breschnew die Maderln Lenin die Buam
Mei Muatterl woa aus Petersburg
Drum tschecher i so gern
An Wodka hots mir in die Schui scho mitgebm
Des vergiss i ihr niemals im Lebm
Sibirien so schön so schön so schön
Dort wolln wir hinziehn hinziehn hinziehn
Pelzkapperl mit Uhrn mit Uhrn mit Uhrn
Weu mir san so dafrurn dafrurn dafrurn
Kalinka Kalinka Kalinka
Kopeken san aus nitschewo
Kalinka Kalinka Kalinka
Warum geht's uns immer a so
Brüderlein Frost Brüderlein Frost
Perestroika und Glasnost
Brüderlein Frost Brüderlein Frost
Na sdarowje Prost
Balalaika Balalaika
Von der Tundra bis Taiga
Katharina nackte Zarin
Gab sich hin dem Rasputin
In langen Winternächten
Heiz ich den Ofen an
Bin hartherzig zu Knechten
Was liegt mir da schon dran
Aufm oidn Dnjepr schwimmt a Krokodü
Hot so lange Haxn ois wia a Besenstü
Da Besenstü bricht o

Des Krokodü liegt do
Aufm oidn Dnjepr schwimmt a Krokodü

ABC wir lieben Eis und Schnee

Wann der Kreml net wü
Nutzt des goa nix
In Ekaterinenburgs Schwanensee
Da schwimmen die Schwäne herum
Und auch so manches Gansl
Im Bernsteinzimmer im See
Dostojewski Maxim Gorki
Tschaikowski Peda Rachmaninov
Leo Tolstoi und Baryshnikov
Gute Torte Malakoff
Mir san vom weiß blau rot
Spionagebataillon
Unser Deckname
Ras dva und tri
Ras dva tri cetiri
Gstieß Pagat und Mond
Chruschtschow die Damen Stalin die Herren
Breschnew die Madln Lenin die Buam
Auf der Kolchose brennt eine Sehnsucht
Die Kinder die wachsn wia die Ruabm
Ja ja ja
Chruschtschow die Damen Stalin die Herren
Breschnew die Madln Lenin die Buam
Sdrastwuj!

2. AKT, 2

WUNDERLICH Kurze Pause, Kinder.

NIMMICH 333 rosarote Ritter Arafats ritten 333 Mal um den Berg Ararat herum. Net dumm. 333 rosarote Ritter . . .

FLOHAXINGER Was wird denn das?
NIMMICH Ich übe.
FLOHAXINGER Lernt man so etwas am Konservatorium?
NIMMICH Da lernt man noch ganz andere Dinge. Stellen Sie zum Beispiel mal einen Erdapfel dar. Sie müssen dastehen wie ein Erdapfel, denken wie ein Erdapfel, sich fühlen wie ein Erdapfel. Das dürft Ihnen ja nicht schwer fallen.
FLOHAXINGER *versucht es* Blödsinn! Wann werd ich schon jemals als Erdapfel engagiert.
NIMMICH Jetzt spielens auch einen . . . oder was ist das?
FLOHAXINGER Das Kostüm trag ich, weil man mir gesagt hat, ich spiel eine fallende Schneeflocke.
NIMMICH Und warum schauens dann aus wie eine Lawine?
FLOHAXINGER Und Sie? Was ist denn das?
NIMMICH Rotzglöckchen.
FLOHAXINGER Nett. Und das?
NIMMICH Schleimmascherl. Virenketterl. Hustenknöpfe.
FLOHAXINGER Nett. Poidlstayn. Hol mir ein paar Joghurts, aber in Schokolade.
WUNDERLICH Nein!
NIMMICH Und mir einen Spiegel.
CHAISONPOLA Mir auch einen Spiegel, aber in der Flasche. Ich glaub, ich bin präilluminiert.
TROMBOSI Du bist dauerdellirant.
WUNDERLICH Ruhe bitte. Weiter geht's. Väterchen Frost von Wendelin Wunderlich. *Er spielt allen Schauspielern sein Stück vor* Es beginnt damit, dass der Cousin des Stadthauptmanns von Schmierna ins Rathaus stürmt.
FLOHAXINGER Und Schneeflocken?
BRANDTEIGKRAPFERL Und der sibirische Tiger?
NIMMICH Wann kommt die Erkältung?

CHAISONPOLA Wo steht der singende Samowar?

WUNDERLICH Ruhe bitte! Aber nicht zu laut.

FLOHAXINGER Typisch.

BRANDTEIGKRAPFERL *übt seine Stimme* Mi mi mi. Ich fürchte, ich bin etwas indisponiert. Kann man mich nicht ansagen?

NIMMICH Ich hab es gewusst. Der dersingt seine Partie nicht.

FLOHAXINGER Ich hab ihn überhaupt noch nie singen gehört.

CHAISONPOLA Angeblich hat er in Baden brilliert.

FLOHAXINGER In Baden-Baden?

CHAISONPOLA In Baden bei Wien.

BRANDTEIGKRAPFERL Mit Virtuosen meiner Klasse kann man so nicht umspringen. Ich singe nur, wenn ich Lust habe, und wenn ich nur ein einziges Mal einen winzigen Ton singe, so ist das genau so viel, als wenn ich 100 Mal sänge.

WUNDERLICH Ruhe jetzt. Es beginnt also damit, dass der Cousin des Stadthauptmanns ins Rathaus stürmt.

FLOHAXINGER Und Schneeflocke?

BRANDTEIGKRAPFERL Und der sibirische Tiger?

NIMMICH Wann kommt die Erkältung vor? Ich bin furchtbar ansteckend. Hatschiii.

WUNDERLICH Ruhe! Der Cousin ist außer Atem. Schreckliche Dinge haben sich zugetragen. Was ist los? Er ist schon unterwegs! Er ist vielleicht schon hier! Unter uns! Wer denn? Wer? Der Inspektor! Ein mit allen Befugnissen des Präsidenten ausgestatteter Generalinspektor. Wie sieht er aus? Niemand weiß es! Darauf der Richter: Wieso ein Inspektor? Wieso nicht? Darauf der Schuldirektor: Ein Inspektor? Darauf der Stadthauptmann: Wegen uns kommt ein Inspektor? Ja! Der bewusste Beamte ist sogar schon da.

BRANDTEIGKRAFERL Etwas an den Haaren herbeigezogen. Oder?

IGNAZ BACH Aber nein. Es ist großartig, phantastisch.

WUNDERLICH Wirklich?

IGNAZ BACH Da, da, nur weiter.

WUNDERLICH Da hilft nur eines, alles abreißen. Je mehr Abriss es gibt, desto deutlicher zeigt sich das Birnentum des Stadtrates. Alles abreißen, die ganze Stadt. Der Stadthauptmann ist außer sich und gibt dem Polizeichef eine Watsche. Daraufhin ohrfeigt der Polizeichef den Schuldirektor, der wiederum einen Lehrer, der die Schüler und so weiter. Soweit das erste Bild. Im zweiten sieht man den vermeintlichen Inspektor, der aber nichts weiter als ein kleiner Schauspieler ist.

IGNAZ BACH Was sehen Sie mich so an?

FLOHAXINGER Und Schneeflocke?

WUNDERLICH Schneeflocke kommt auch, aber später.

NIMMICH Wann kommt die Erkältung?

WUNDERLICH Ah so. Das ist das Problem. Aber so ein großes Problem ist es auch wieder nicht. Du stellst dich also hier hin und machst Sssssss, du bitte hierher und machst Hhhhhhhh und für dich habe ich eine Hatschi-Arie geschrieben. *Er stellt sie auf*

WUNDERLICH Jetzt macht einmal.

Alle drei machen ihre Geräusche

WUNDERLICH Entsetzlich. Grauenvoll. So schlecht hab ich das überhaupt noch nie gesehen.

CHAISONPOLA Ich hab da mal eine Frage. Ich spiele doch den singenden Samowar. Jetzt habe ich mir gedacht, dass so ein Samowar doch auch Gefühle hat. Also er könnte zum Beispiel sich in eine kleine italienische Espressomaschine verlieben.

TROMBOSI Segafredo!

FLOHAXINGER Und die fallende Schneeflocke, das ist doch eine existentielle Rolle. Da steckt die ganze Tradition der Selbstmörder drinnen. Also am besten wäre, ich hätte gleich zu Anfang einen langen Monolog.

NIMMICH Und erst die Erkältung. Das ist eine ansteckende Partie. Meine Rolle muss in einem größeren

Zusammenhang gesehen werden. Auch der Herr Igor hat gesagt, ich brauche Raum, meine Stimme muss sich ausbreiten können, weißt.

Alle drei umschmeicheln den Russen

FLOHAXINGER Schamloses Geschöpf. Zu mir hat er gesagt, ich bin eine Naturgewalt, ein Fleisch gewordener Tsunami.

CHAISONPOLA Da werdets euch schneiden, so tief, dass euch das Blut bis zum Schnürboden spitzt. Nicht wahr, Herr Igor. Wir müssen etwas unternehmen. Oder wollen Sie zusehen, wie man mich zugrunde richtet? Mich, die einzig ernstzunehmende Sopranistin hier.

TROMBOSI Aber du bist doch Alt.

CHAISONPOLA Ich bin jung.

TROMBOSI Nein, deine Stimme ist Alt.

CHAISONPOLA Meine Stimme ist jung.

TROMBOSI Aber die Stimmlage, die ist Alt.

CHAISONPOLA Egal! Jedenfalls können Sie doch nicht die Hände in den Schoß legen und zusehen.

NIMMICH Wenn der Herr Igor hier die Hände in irgendeinen Schoß legt, dann in meinen. Ich bin ganz wahnsinnig auf ihn. Das ist ein großer Mann.

FLOHAXINGER Man ist nicht mehr 20, leider. Obwohl mit 20 war es auch ein Schas-on. Schön schaut ma aus, aber wissen tut man nichts. Wenn's um den Trieb geht, hält sich der Herr Igor selbstverständlich an mich, ich bin in dieser Hinsicht sehr versiert.

NIMMICH Sie? Sie Überraschungsei auf zwei Beinen.

FLOHAXINGER Und Sie? Ihre Mutter war in Ihrem Alter schon im Narrenhaus.

WUNDERLICH Sie steigern sich hinein, da helfen keine Argumente.

CHAISONPOLA Das ist Bildung.

FLOHAXINGER Sie halten sich da ganz raus, Sie.

NIMMICH Gusch, Sie flatus silvanus – Sie Schas im Wald.

FLOHAXINGER Sie! Sie Mischung aus Transvestit und Pferd.

„Zickenterzett"

ALLE DREI
Wir halten fest zusammen
Wir sind ein tolles Team
Wir haben uns so gerne
Bei uns haut alles hin
Eine für die Andere
Wir ziehn an einem Strang
Bei uns regiert nur Harmonie
Und reinste Sympathie
Bussi Bussi Bussi
So ehrlich und so Dings
Bussi Bussi Bussi
Bussi rechts und links

FLOHAXINGER, CHAISONPOLA
Wann i siech wie die daherkummt
Rennt ma glei die Ganslhaut
Stahof Stahof mochs Türl auf
Die Nimmich kummt im Dauerlauf
Sie trampelt hin sie trampelt her
Is schiach ois wia da Zins
Ma glaubt jo net wos ma do siecht
Sie hot a echtes Watschngsicht
Des allergreßte Flitscherl
Von do bis Bradnsee
A so a grauslichs Krokodü
So deppat wie a Hacklstü
Bei Männer net grod wählerisch
Is offen für an jeden

Und mit ihrn Gsangl bringts sogoa
In 007 zum Reden
Bussi Bussi Bussi
Bussi rechts und links
Bussi Bussi Bussi
So ehrlich und so Dings

ALLE DREI
A so a Überraschung
Du bist a scho do
I kann net sogn wie mi des gfreit
Hallo Halli Hallo

Bussi Bussi Bussi
So ehrlich und so Dings
Bussi Bussi Bussi
Bussi rechts und links

CHAISONPOLA, NIMMICH
Wann i siech wie die daherkummt
Geht ma echt des Gimpfte auf
Schwara is ois wia die Rax
Und ähnlich schauts in Tintifax
Hot sie net jetzt an Gschamstara
Jojo i kenn eam eh
I sog da wos den kannst versama
Lehrbeispü fia Wiaschtlwarma
Sie is derart widerlich
I kennt ihr ane reibm
An Gang hats wie a Fleischergsö
Ihr Schmäh der kann ma gstoin bleibm
Schuitern hats i sogs wias is
Ois wie a Grizzlybär
I waß net geht die Koin austrogn
Oda woas beim Mülitär
Bussi Bussi Bussi

Bussi rechts und links
Bussi Bussi Bussi
So ehrlich und so Dings

ALLE DREI
Eine für die Andere
Wir ziehn an einem Strang
Bei uns regiert nur Harmonie
Und reinste Sympathie

Bussi Bussi Bussi
So ehrlich und so Dings
Bussi Bussi Bussi
Bussi rechts und links

FLOHAXINGER, NIMMICH
Wann i siech wie die daherkummt
Geh i richtig haß
A so a gscherte Haberngas
A Stimm hots wiera Eckerlkas
Wann die a zarte Arie singt
Da geh i liaba fuat
Ganz ehrlich unter uns gesagt
Sie riacht a net sehr guat
Einkleidung vom Fetzntandla
Augmoint wia vom Nitsch
Auf der Bühne is a Schand
Najo sie is hoit doch vom Land
Sie und ihr Krawattlschani
San die greßtn Gfrasta
Ka Wunder dass sie obelosst
Ois wie a Burgamasta
Bussi Bussi Bussi
Bussi rechts und links
Bussi Bussi Bussi
So ehrlich und so Dings

ALLE DREI
Wir halten fest zusammen
Wir sind ein tolles Team
Wir haben uns so gerne
Bei uns haut alles hin
Bussi Bussi Bussi
So ehrlich und so Dings
Bussi Bussi Bussi
Bussi rechts und links

2. AKT, 3

NIMMICH, CHAISONPOLA, FLOHAXINGER Jetzt, Herr Igor, sagen Sie doch auch etwas!

IGNAZ BACH Ich weiß nicht, ob ich mich aufraffen kann. Und wenn, dann nur aus reinem Egoismus. *Er hüpft auf* Bravo. Ausgezeichnet.

FLOHAXINGER Wirklich?

IGNAZ BACH Da. Da. Wunderbar. Wunderbar.

WUNDERLICH Das liegt am Text. Und an der Regie.

IGNAZ BACH Ich habe genug gesehen. Ich nehme die Nimmich – und die anderen beiden schmeiße ich hinaus.

NIMMICH Was fällt dir ein? Die Flohaxinger ist eine Stütze des Ensembles, ihre Stimme ist wie ein verstauchter Fuß, aber so dick eingegipst, dass sie alles stützt.

IGNAZ BACH Gut, dann engagiere ich Flohaxinger und schmeiße die anderen beiden weg.

FLOHAXINGER Und sonst geht's Ihnen gut? Die Nimmich singt zwar wie ein hohler Zahn und die Chaisonpola hickst, aber beide sind doch Koryphäen ihres Fachs.

IGNAZ BACH Scheiß an Paula, dann nehme ich die Chaisonpola.

TROMBOSI Cornuto, ich spieße ihn am Hörndl auf.

CHAISONPOLA Luigi!
TROMBOSI Halt de Kotze, blöde Fresse.
CHAISONPOLA Wenn ich meinen Verdruss nicht versaufen würd, ich müsst mich rein aus Verdruss dem Trunk hingeben.
IGNAZ BACH Dann bleibe ich ledig und kauf mir kein Theater, sondern einen Fußballklub.
ALLE Nein, so war das doch gar nicht gemeint.
WUNDERLICH *zu Flohaxinger* Los, mach ihm schöne Augen, bist sein Typ.
FLOHAXINGER Aber, Herr Direktor. Der Russe ist doch überhaupt nicht meine Unterleibsweite.
WUNDERLICH Red nicht, tu's für das Theater.
FLOHAXINGER Fürs Theater würd ich mich schon opfern, fürn Herrn Direktor in personam wollt ich mich fusionieren. Ach Wendelin, Sie könnten alles von mir haben. Alles!
WUNDERLICH Keine Faxen. Jeder hat seine Verpflichtungen im Leben – noch dazu mit so einem Gestell.

2. AKT, 4

NIMMICH Schnell. Halten Sie mich. Schnell.
IGNAZ BACH Ist Ihnen nicht wohl.
NIMMICH Morbus Amorus. Wenn ich Ihnen in die Augen schau, dann ist die Donau nicht mehr blau, ich vergeh, wenn ich Ihr Antlitz seh, vergessen könnt ich mich.
IGNAZ BACH Mir geht's genauso.
NIMMICH Spüren Sie es auch, wie der Eiserne tropft von heißem Schmalz. Das muss die Liebe sein.
IGNAZ BACH Eine große Geschichte geht da an. Ich genieße jeden Augenblick.
NIMMICH *zu Ignaz Bach* Ich schau ihn an und . . .
IGNAZ BACH . . . kann nicht mehr denken.
NIMMICH Mir ist so . . .

IGNAZ BACH . . . warm ums Herz. Wie einem Leberknödel . . .
NIMMICH . . . in der Suppe . . .
IGNAZ BACH . . . wenn der Löffel kommt . . .
NIMMICH . . . und einen aufsticht.
NIMMICH Ich glaub, ich bin verschossen.
IGNAZ BACH Wie ein Silversterfeuerwerk.
NIMMICH Mir ist so heiß. Ich glühe vor Verlangen.
IGNAZ BACH Auch zu mir hat etwas hingelangt, etwas, das brennt.
NIMMICH L'amour.

Duett „Bad Schallerbach„

IGNAZ BACH
Jetzt wo wir zwei uns gefunden
Gibt's da eines noch zu klärn
Es brennt mir brennend auf der Zunge
Es muss sofort die Antwort her
Was wär wenn der der dich jetzt gleich zum Kuss verführt
Mit einem Schlag vom Prinz zum Frosche wird
Zum Frosche aus Bad Schallerbach

NIMMICH
Ja na und das stimmt doch nicht
Du bist ja aus Berg Karabach

BEIDE
Ja na und das stimmt doch nicht
Du bist (ich bin) ja aus Berg Karabach

IGNAZ BACH
Und wär ich nur gesetzten Falles
Gar kein Multimillionär
Sondern nur ein armer Schlucker

Ein mittelloser Irgendwer
Der statt Schaumwein weiße Gspritzte trinkt
Statt Wolgalied nur Gstanzln singt
Gstanzln aus Bad Schallerbach

NIMMICH
Ja na und das stimmt doch nicht
Du bist ja aus Berg Karabach

BEIDE
Ja na und das stimmt doch nicht
Du bist (ich bin) ja aus Berg Karabach
Und reich reich unermesslich reich
Schön schön unbeschreiblich schön
Reich reich unermesslich reich
Reich und schön zugleich

IGNAZ BACH
Nein mein Schatz ich muss gestehen
Das sieht etwas anders aus
Hab die erste lange Hosn seit zwei Wochen
Bin gebürtig aus an Bauernhaus
Kan Witz kan Charme ka Feia
Nur an Pfrnak Marke Elmayer
Wohnhaft in Bad Schallerbach

NIMMICH
Ja na und das stimmt doch nicht
Du bist ja aus Berg Karabach

BEIDE
Ja na und das stimmt doch nicht
Du bist (ich bin) ja aus Berg Karabach
Und reich reich unermesslich reich
Schön schön unbeschreiblich schön
Reich reich unermesslich reich
Reich und schön zugleich

NIMMICH Aber der Russe ist echt. Oder etwa nicht?

IGNAZ BACH Da greif er mich an. Greif er schon an, ich gehe nicht kaputt. Vielleicht falsche Schewardnadse? Nichts. Nase echt. Falscher Schostakowitsch? Nichts! Schostakowitsch echt. Falscher Orloff? Nichts! Ohren echt.

NIMMICH Natürlich ist er echt. Und nicht nur das, er ist auch . . . ich weiß nicht, was mit mir los ist, aber ich habe das Gefühl, ich liebe ihn. Mich hat's erwischt. Und du? Sag auch etwas.

IGNAZ BACH Ich möchte, dass es nie aufhört.

NIMMICH Echt?

2. AKT, 5

POIDLSTAYN Echt? So echt ist der Russe nicht.

ALLE Nicht echt?!

IGNAZ BACH Spinnt. Beitlstein spinnt. Njet? Spassiba paschalska. Lauft in Aptheka, hol Medizin für Trottel. Hat kein Hirn, hat Kreml im Kopf. Ein Malakoff. Völlig Rimsky Korsakakoff.

CHAISONPOLA Ich brauche ein Beruhigungsmittel – und gebt etwas Gin hinein.

POIDLSTAYN Aber ich sage euch doch, dieser Russe ist aus Bad Schallerbach.

FLOHAXINGER Unsinn. Beim Pontius Pilatus.

BRANDTEIGKRAPFERL Mein Onkel war aus Bad Schallerbach. Der war dort zweiter Bürgermeister. Er war fett, Brillenträger und hörte schlecht. Trotzdem kenne ich jeden Bad Schallerbacher fast persönlich.

TROMBOSI Dummes Poidlstayn. Es macht dir Spaß, mich soweit zu bringen, dass ich dich schlage, stimmt's. Es gefällt dir, wenn ich pizzicato.

WUNDERLICH Aber nicht doch, nicht doch. Er will uns doch nur auf die Probe stellen.

POIDLSTAYN Nein, keineswegs. Dieser Mensch da ist genauso wenig a Russ wie ich einer bin. Und Millionär ist er schon gar nicht. Es war meine Idee, ihn hier als Russen auszugeben, jawohl, meine Idee, aber jetzt ist es an der Zeit, der Wahrheit ins Gesicht zu schauen.

FLOHAXINGER Soll ich dir sagen, was ich über dich denke, du widerst mich an.

NIMMICH Red's in a Sackl und stell's vor die Tür.

POIDLSTAYN Nicht so hastig, Herrschaften. Immer mit der Ruhe. Das Leben ist meistens unlogisch, damit muss man sich abfinden. Unter Umständen ruiniert einem jemand das Leben und alles, was ihm dazu einfällt, ist, tut mir leid. Und wisst ihr, wer euch das Leben ruiniert hat? Wisst ihr, wer jahrelang die Einnahmen für sich behalten hat, weshalb ihr kaum je eine Gage gesehen habt? Wisst ihr, wer euch so schändlich hintergangen hat? Der Herr Direktor.

FLOHAXINGER Was?

NIMMICH Papa?

WUNDERLICH Bitte. Ich hab euch ausgebeutet, aber nur künstlerisch, ich . . .

POIDLSTAYN Jawohl, Wendelin Wunderlich. Ich hab ihn beobachtet. Ich hab in seinem Namen die Bücher gefälscht.

WUNDERLICH Davon weiß ich nichts.

POIDLSTAYN Aber ich weiß es, und ich weiß auch, wo das unterschlagene Geld versteckt ist, das ich in seinem Namen auf die Seite räumen musste, nämlich hier. *Er holt es hervor und gibt es dem jungen Schauspieler* Soweit ich sehe, hat er Subventionen veruntreut, Tantiemen nicht versteuert, falsche Requisiten eingekauft, Privatvergnügen als Geschäftsspesen versteuert. Das wird ihm zu stehen kommen, teuer wird ihm das zu stehen kommen. Das sollte reichen, ihn wegen Steuerhinterziehung zu arretieren. Und damit das Theater dann nicht ohne Leitung ist, werde ich, Alpheus Poidlstayn, mich uneigennützig zur Verfügung stellen.

WUNDERLICH Sie, Sie sind vielleicht auch noch stolz darauf, dass Sie sich hier eingeschlichen und in meinem Namen alles unterschlagen haben? Schämen Sie sich, Sie falscher Fuffziger.

POIDLSTAYN Na, na, na, immer mit der Ruhe. Wenn Sie vor mir auf die Knie fallen und mich schön um Verzeihung bitten, könnte ich ein Auge zudrücken. Ich will schließlich kein Unmensch sein.

WUNDERLICH Einen Scheißdreck werde ich. Und wissen Sie warum? Weil ich das nicht notwendig habe. Ich habe Dinge in meinem Inneren, und wenn die erst einmal heraußen sind, können alle zusperren, alle. Ich geh nämlich mit der ganzen Truppe nach Schmierna. Und dann können Sie mich mal mit ihren falschen Anschuldigungen, kreuzschweiß. Nicht wahr, Igor? In Schmierna wird Wunderlichs Theatertruppe für Furore sorgen. Da werde ich ein Begriff sein. Da kümmert man sich einen Dreck um Steuerschulden. Und Sie hinterhältiger, schleimiger Einschleicher, Sie Schleimscheißer, auf Sie pfeif ich. Leute wie Sie sind uns von Grund auf widerwärtig.

IGNAZ BACH Jetzt übertreiben Sie mal nicht.

WUNDERLICH Ich übertreibe nicht. Ich habe erst angefangen, mir diesen windigen Schlawiner vorzuknöpfen. Diesen ausrangierten Ausreibfetzen. Diesen Ärmelschoner seiner eigenen Erdäpfel, äh Erbärmlichkeit.

POIDLSTAYN So denken Sie also über mich.

WUNDERLICH Ja, Sie Hirnedi! Während unsereiner Tag und Nacht Kräfte sammelt, damit er sie im entscheidenden Moment beisammen hat, schnüffelt der herum, fällt einem in den Rücken. Aber mich kann er gern haben, weil wir gehen allesamt nach Schmierna. Kinder kommt, packt eure Sachen, wir reisen auf der

Stelle ab – und dann kann er mich Götz von Berlichingen. Es ist Ihnen doch recht, Herr Igor?

IGNAZ BACH Nein, wir müssen etwas warten.

WUNDERLICH Warten? Aber warum denn warten? Wir können nicht mehr warten. Kinder, packt alles zusammen. Also Igor, wann fahren wir? Wann geht das nächste Flugzeug?

IGNAZ BACH Es geht nicht.

WUNDERLICH Was heißt, es geht nicht. Alles geht, wenn man nur will.

POIDLSTAYN Aber ich sag doch schon die ganze Zeit, dass der da nicht aus Schmierna ist.

WUNDERLICH Woher dann? Aus Kaptschatkin? Eriwan? Wladiwostok?

CHAISONPOLA Aus Liptauen.

WUNDERLICH Ist doch egal. Wir fahren überall hin mit, Hauptsache . . .

IGNAZ BACH Ich bin auch nicht aus Russland.

WUNDERLICH Nicht? Woher denn dann? Ukraine? Tadschikistan? Usbekistan? Dagestan? Fortgegang?

IGNAZ BACH Aus Bad Schallerbach.

WUNDERLICH Aus Bad Schallerbach. Habt ihr das gehört? Dann fahren wir eben nach Bad Schallerbach im fernen . . . Wo liegt das eigentlich?

IGNAZ BACH In Oberösterreich.

WUNDERLICH Ah so. Ich weiß, es gibt auch hier ein paar, die eine sonderbare Meinung von mir haben, aber ich kenn sie alle. Und sie haben recht. Der Russe kommt aus Oberösterreich. Es ist aus. Vorbei. Leb wohl, du schöne schnöde Welt. Ich will eh nimmer. Ich hab genug, ich mache Schluss.

FLOHAXINGER Aber nicht doch, Herr Direktor. Wie können Herr Direktor nur so reden. Das wird schon wieder.

WUNDERLICH Nichts wird wieder. Es ist aus, vorbei. Bankrott. Steuernachzahlung. Konkurs. Ich kann mich gleich aufhängen.

FLOHAXINGER Aber warum denn? Noch weiß es keiner - außer uns. Noch ist nichts passiert.

NIMMICH Genau.

POIDLSTAYN Leider weiß es doch jemand.

FLOHAXINGER Poidlstayn, wenn du was sagst, reiß ich dir den Kopf aus.

POIDLSTAYN Leider ist der falsche Russe nicht nur aus Bad Schallerbach, sondern vom Finanzamt. Ein Ermittlungsbeamter.

CHAISONPOLA Mir kommt er eher unbemittelt vor.

POIDLSTAYN Er hat das unterschlagene Geld gesehen.

WUNDERLICH Das du unterschlagen hast.

POIDLSTAYN Egal, äh Unsinn. Ich habe ihn schließlich herbestellt.

ALLE Du?

POIDLSTAYN Irgendjemand muss ja schließlich dafür sorgen, dass der kleine, von allen immer nur schikanierte und gedemütigte Poidlstayn auch einmal zu seinem Recht kommt.

FLOHAXINGER Du widerliche kleine Kröte.

POIDLSTAYN Ich bin ein gewöhnlicher Mann, der gewöhnliche Gedanken hat, aber meine Taten sind edel.

WUNDERLICH Dann ist alles aus. Ich bin kein Direktor mehr, ich bin kein Mensch mehr. Ich bin leer. Alles ist mir egal.

2. AKT, 6

NIMMICH Adieu, Igor. Beinahe hätten wir uns kennengelernt, aber mit einem Rechnungsprüfer kann ich mich natürlich nicht abgeben.

FLOHAXINGER Mir hat er gleich nicht gefallen, dieser Knilch, spielt sich hier auf und dabei ist er doch ein nichtsnutziges Nichts.

CHAISONPOLA Genossen, Brüder, Proletarier, ich muss diese feierliche Stunde nutzen, eine Ansprache zu halten. Es gibt Nudeln und Eier, aber wenn sie zu weich sind, hat man doch nur schlappe Würstel.

TROMBOSI Komm jetzt. Veni qui!

POIDLSTAYN Es ist aus, Direktor Wunderlich. Sie sind durchschaut.

CHAISONPOLA Genossen, Brüder, Proletarier. Jetzt sind wir die Gefickten - das sagt man nicht als Dame, aber es trifft die Sache auf den Kopf.

TROMBOSI Schweig.

CHAISONPOLA Gut, ich werde schweigen - aber unter Protest.

FLOHAXINGER Mich hat er nicht getäuscht. Mich nicht. Ich habe einen empfindlichen Geist in einem empfindlichen Körper, ich bin feinmembratorisch. Und ich habe Menschenkenntnis. Der hat ja nicht einmal Backenknochen, ein schmales Gesicht, wie wenn er eine Pressgeburt gewesen wäre, eine Nase wie eine Kinderrutsche. Ein Toastbrot, dem jeder sofort ansieht, dass das nie ein Russe ist. Aber von so einem Gauner, lassen wir unseren Direktor Wunderlich nicht zugrunde richten, ich zumindest nicht. Ich bleibe dem Direktor treu - und wenn ich im Gefängnis proben müsste.

WUNDERLICH Das ist lieb von dir, Guggi, aber es ist aus.

FLOHAXINGER Ja, es ist aus. *Heulkrampf* Und alles bloß wegen diesem ... das ist ungerecht ... eine Schweinerei ...

WUNDERLICH Nimm es nicht so schwer. Kinn hoch.

NIMMICH Am besten beide.

FLOHAXINGER Das ist so eine Ungerechtigkeit ... ich halt das nimmer aus ... es ist so traurig ... Dass der Direktor Wunderlich der Menschheit entgeht - und die Menschheit bin i ... aber wenn es sein muss, spiele ich auch unter der Direktion Poidlstayn, dem werd ich es zeigen.

BRANDTEIGKRAPFERL Ich auch, das bin ich meinem Publikum schuldig.

NIMMICH Mir gefällt der falsche Russe trotzdem. Nicht als Sängerin, aber als Privatperson.

WUNDERLICH Was geht in so einem Poidlstayn vor? Der lässt einen reden und reden und dabei in sein Unglück rennen.

TROMBOSI Du hast den Direktor ins offene Messer springen lassen.

POIDLSTAYN Jetzt ist es aus mein Herr, dieser Mensch hier vom Finanzamt hat Vollzugsgewalt. Es wird Zeit, dass dieser unbemittelte Ermittlungsbeamte . . .

IGNAZ BACH Aber ich bin doch gar nicht vom Finanzamt.

POIDLSTAYN . . . alles ins Reine bringen wird. Eine neue Ära bricht herein, die Ära Poidlstayn.

IGNAZ BACH Aber ich bin nicht vom Finanzamt.

POIDLSTAYN Ich, der Inspizient, Souffleur und Beleuchter Alpheus Poidlstayn schwinge mich auf in den Direktionssessel . . .

IGNAZ BACH Aber . . . hallo, ich bin nicht vom Finanzamt.

POIDLSTAYN Wie? Was heißt das?

IGNAZ BACH Das sage ich doch die ganze Zeit. Ich bin Schauspieler. Ignaz Bach.

NIMMICH Aus Bad Schallerbach und nicht vom Berg Karabach.

POIDLSTAYN Und warum gibst du dich dann die ganze Zeit als einer vom Finanzamt aus, warum machst du dann so ein rechnungsprüferisches Gesicht? Warum lässt du mich dann das ganze jahrelang veruntreute Geld aufs Spiel setzen? *Er reißt den Plastiksack an sich*

IGNAZ BACH Das versuche ich ja ständig zu erklären, ich bin ein Schauspieler. Ich war zum Vorsprechen bestellt.

Poidlstayn verschwindet mit Geld in Toilette

2\. AKT, 7

WUNDERLICH Aber Kinder, dann ist ja alles eitel, Wonne, Palatschinke. Es gibt zwar keinen Russen, aber dafür gibt es Geld. Die Einnahmen der letzten Jahre, die der Poidlstayn . . . Wo ist er denn? Poidlstayn? Beidi?

CHAISONPOLA Der hat sich aufgelöst. Hautschlechter Kerl.

TROMBOSI Mochts des Tiarl zua! Äh . . . Chiusi la porta!

FLOHAXINGER Weg ist er, der Schuft.

BRANDTEIGKRAPFERL Und das Geld?

CHAISONPOLA Ist pfutschigack.

WUNDERLICH Ich werd ihn anzeigen. Ich ruf die Interpol, den Ronald Pohl und die Theaterpolizei.

CHAISONPOLA Das wird nichts nützen.

WUNDERLICH Nicht?

CHAISONPOLA Wie man sich auch dreht und wendet, der Arsch bleibt immer hinten.

2\. AKT, 8

NIMMICH Eigentlich bin ich froh, dass du kein Russe bist.

IGNAZ BACH Du riechst so gut. So riechst nur du.

NIMMICH Wonach?

IGNAZ BACH Nach Buchteln mit Vanillesoße, nach Duschgel und Kartoffelchips.

NIMMICH Du bist mein Weißer Riese.

IGNAZ BACH Du bist mein Genie für zwischendurch.

NIMMICH Du bist mein Sie-baden-gerade-Ihre-Hände-drin.

IGNAZ BACH Du bist mein Pamarantsche.

NIMMICH Ja, mehr, es gefällt mir, wenn du Französisch mit mir sprichst, du Russe.

IGNAZ BACH Aber das kann ich gar nicht.
NIMMICH Probier's. Spediteur. Chauffeur, Couleur, Malheur, . . .
IGNAZ BACH Späteur, Peteur, viel meur.
NIMMICH Du musst noch sehr viel lernen, aber ich hoffe, du lernst es nie.
Musik: Trari-Trara. Ein Telegramm kommt!

2. AKT, 9

FLOHAXINGER *liest das Telegramm* Herr Direktor, ich hab eine gute und eine schlechte Nachricht für Sie.
WUNDERLICH Zuerst die gute.
FLOHAXINGER Die Firma Rohr Max hat das Geld gefunden.
WUNDERLICH Und die schlechte Nachricht?
FLOHAXINGER Im Publikum sitzt ein wirklicher Prüfer vom Finanzamt, der nimmt's uns wieder weg.
WUNDERLICH Sonst weißt du nichts für mich?
FLOHAXINGER Nur, dass ich ganz in den Wind geschossen bin für Sie.
WUNDERLICH Dann werd ich dir jetzt einmal etwas sagen, ich hab nämlich auch an Stand auf dich. Der Ignaz heiratet die Petra, und aus dir wird eine Wunderlich.
FLOHAXINGER Flohaxinger-Wunderlich.
WUNDERLICH Egal. Wir feiern Doppelhochzeit. Und das Theater geht mir nicht zugrund. Wir lassen uns nicht unterkriegen von den Poidlstayns, davon gibt es zu viele auf der Welt. Wir haben nämlich Verve und Mut und Anarchie und Kreativität – das ist mehr wert als alles Geld auf dieser Welt.
POIDLSTAYN *aus Toilette* So löst sich also alles in eitler Wonne, Wohlgefallen auf. Die einen heiraten, die anderen dreiraten, die wird verfiert, der engagiert, das

Theater ist saniert, das Publikum höchst animiert und der böse Poidlstayn wird ewig in der Hölle der Dramatik-Bösewichte penetriert.

„Lied des Theaterdirektors"

POIDLSTAYN
Wer kann sich dem Zauber entziehen
Den verströmt die Theaterwelt
Was kann uns denn mehr an sich fesseln
Kein Reichtum kein Luxus kein Geld

Wenn abends die Lichter erstrahlen
Für Mime und Mimin und Held
Wenn das Publikum staunend im Saal sitzt
Und man Geschichten vom Leben erzählt

Und
Verantwortlich für die Partie
Verantwortlich für die Partie
Verantwortlich für die Partie
Bin i

Ich muss

ENSEMBLE *jeder eine Zeile*
Nach ausverkauftem Hause streben
Drucksorten in Auftrag geben
Garderoben inspizieren
Journalisten informieren
Jedes Jahr ein Stück auswählen
Und mit den Behörden mailen
Darsteller für Rollen finden
Diese möglichst wenig schinden
Manchmal Autogramme schreiben
Theaterkobolde vertreiben

Vieles schon im Voraus sehn
Zuletzt noch auf der Bühne stehn

WUNDERLICH
Da braucht ma hoit a Phantasie
Und ohne Rückhalt schafft man's nie
Ich baue auf mein Wunderteam
Und Sie

ALLE
Heute hat's an Spaß gmocht wie noch nie
Der Direktor und sein Wunderteam
Spielten heut für
Sie

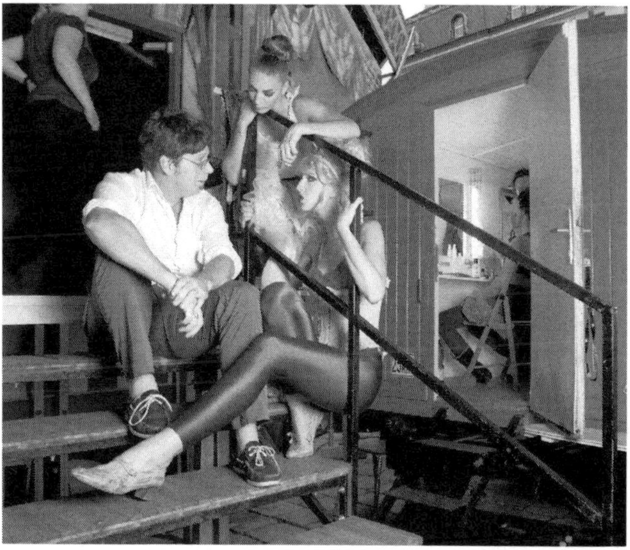

Der Widerspenstigen Zähmung
oder
The hystery of mystery of Love

Eine Posse mit Gesang sehr frei nach
Walter W. Shakespeare

BATTISTA VON UND ZU GANSWOHL
KATHARINA, ihre herbe Tochter
BIANCA, ihre sanfte Tochter
GREMIO VON SPRUDELHOF, ein reicher Sektfabrikant aus Döbling
LUC, sein Sohn
TRANIA GEWÜRZTRAMINER, seine übers Eck Verwandte und Tochter des Weinlieferanten der Sektkellerei Sprudelhof
HORTENSIO SCHLAUCH, ein Spargelzüchter aus Orth an der Donau
PETRUCHI VON TUNICHTGUT-RADICCHIO, ein verarmter Salatzüchter und verlebter Lebemann aus Simmering

Kostüme: Die zukünftigen Paare Battista-Gremio, Hortensio-Trania, Luc-Bianca haben von Anfang an verwandte Kleidungsstücke, zum Beispiel sie eine rote karierte Hose, er eine Kappe aus demselben Stoff. Am Ende haben diese drei Paare alle einen Partnerlook an. Nur Petruchio und Kathi nicht. Bei ihnen wäre es schön, wenn sich die Kostüme ergänzen würden – wenn nichts Besseres einfällt, zu einem großen Herz.
Hortensios Kostüm lässt ihn wie einen Spargel aussehen, Gremio gleicht einer Sektflasche, Battista hat etwas von einem achtbeinigen Ungetüm, Kathi ist eine Rose mit Dornen, Bianca ein Schmetterling, Petruchio eine Wespe, Luc ein Löffel, Trania gleicht dem Blähbauch einer Werbung für probiotisches Joghurt (Activia).

Bühne: Der erste Akt spielt zur Gänze auf der Straße, am Hof in Wien. Man sieht Häuserfassaden, eventuell ein Fenster zum Runterschauen und zum Blumentopf-Runterwerfen. In der Mitte der Bühne steht ein Brunnen. Tauben. Der zweite Akt beginnt in der kleinen Bude Petruchios, später passiert ein Umbau auf das Ausgangsbild.

Ouvertüre:
Adagio von Albinoni (Musik)
Oder Heurigenlied mit Tanz des Petruchio

PETRUCHIO *sehr betrunken* Di di didi. Die Weiber! Freunde, Kollegen, Schicksalsgenossen, Dippler, Dickhäuter, Dimpflmosers, passt mir auf bei die Weiber, die, die richten euch zu Grund und Boden und Belag und Zahnfleisch und sagen dann nicht einmal dididi, danke. Dididi die Weiber. *Zu seiner Flasche* Na Schönheitl, wolln ma a bisserl di, ditschgerln? Schau mir in die Augen, Kleines. Was führt dich zu mir? Bist ja didi, direkt leer. Aus. Ausgetrunken. A geh. Geld spielt keine Rolex für die Weiber. Und wer ist schuld? Dididi. Wer? Die Emma 48 und die Pazi, die Pazi, die Emanzipation. Alles kaputt gemacht. Die didie Herrschaft des Mannes über das gelobte Weib. Da, da halt ich's mit dem Didi, dem alten Biershakeranten, wie hat der Kaiser Wilhelm Dieter Shakespeare geschrieben: Ein zornig Woib ist gloich verblüffend, äh verblühter, na, ein zornig Woib ist gloich getrübter Quelle, unroin und sumpfig, widrig, ohne Schönhoit; und ist sie so, wird koiner, koiner, noch so dürstig, sie würdigen, ein Tröpferl daraus kosten. Drum höre, Woib: Gegen dein Ehegspöns hast du ka Chönce, er ist doin Herr, doin Verwalter, äh Erhalter, doin Licht, doin Haupt, doin Fürst und überhaupt, hörst du das? Er sorgt für dich und doinen Unterhalt, gibt soinen Leib mühseliger Arboit prois zu Land, zu Meer und woiß der Teufel wo, wacht Nächte beim Sturm und Tag bei Schnaps und Bier in kalten Spelunken und unwirtlichen Schenken, um sei Ruh zu haben, während du im Hause warm und sicher dich anstrengst beim Erröten und fordert zum Ersatz nicht anderen Lohn als Lübe, Lübe, a freundlichs Gschau und Gehorsam. Hat der Didi Shakespeare gesagt. Bitte, der war vielleicht a bisserl schwul, aber das macht nichts. Nichts. Zwiederschauen.

Er kippt um, schnarcht

Dididie Weiber. Ich sag's ja. Wenn man sie heiratet, sinds Obelisken - und später werdens zu Pyramiden. Jede Frau ist ein Pharao: Tuteuchungut. Ägyp dich, sonst spielt's Kleopatra und man wird zum Nil, zum Nihil, zum Nihilist. In der Natur herrschen wir, dididi, die Männer und nicht die Sphinxen. Die Ehe ist ein Sarkophag, aber ein leerer. Das muss man schon den Kindern beibringen, dann gibt es auch mehr Männer. Wenn die Embryos wüssten, dass die Männer herrschen, wär es aus mit der Emma 48 und aus mit der Pazi . . .

Er kippt um, schnarcht

Und alles nur, weil ich einen Gendefekt hab, ich kann nämlich nicht heimgehen. Das liegt bei uns in der Familie, schon mein Vater hatte diesen Gendefekt gehabt. Ich bin genetisch vorbelastet. Dass ich nicht heimgehen kann, ist nur Schuld der Gene. Gemma.

Jetzt kippt er endgültig um und schläft ein

1. AKT, 1

Der Rausch des Petruchio (Verwandlungsmusik). Zwei Traumfeen ziehen ihn in Morphus Reich.

1. AKT, 2

Erster Bezirk (Am Hof): Luc und Trania. Luc verliebt sich, wie vom Blitz getroffen, in Bianca (dem Publikum nicht sichtbar). Im Gegensatz zu Luc kriegen wir mit, dass Trania in Luc verliebt ist. Luc ruft Vater Gremio von Sprudlhof in Döbling an.

TRANIA Ich glaub's eh.
LUC Du musst es auch glauben, weil's wahr ist.
TRANIA Ich glaub's ja eh.

LUC Aber du wirst es mir nicht glauben.
TRANIA Doch, ich glaub's.
LUC Das glaub ich nicht, dass du es glaubst.
TRANIA Du musst. Ich glaub's. Jetzt sag's endlich.
LUC Aber du wirst es mir nicht glauben.
TRANIA Doch, ich glaub's.
LUC Ich hab mich verbrunzt.
TRANIA Wie redest denn? Das glaub ich nicht.
LUC Mich hat der Blitz getroffen.
TRANIA Dafür schaust recht frisch aus eigentlich.
LUC Ich bin völlig im Öl. Ich hab mich ver-, ich hab mich ver- . . .
TRANIA Verheddert?
LUC Nein! Ich hab mich ver- . . .
TRANIA Verhaspelt?
LUC Aber nein! Ich hab mich ver- . . .
TRANIA Verrannt?
LUC Verliebt. Verstehst. Verliebt. Bis in den Irrsinn.
TRANIA Ich glaub's net.
LUC Siehst, ich hab's dir ja gesagt. Du wirst es nicht glauben.
TRANIA Ich glaub's eh. Aber in wen? Wie schaut sie aus? Wie heißt sie? Was macht sie?
LUC Sie ist nicht recht groß, aber auch nicht recht klein.
TRANIA So wie ich.
LUC Sie ist nicht recht dünn, aber auch nicht recht dick.
TRANIA So wie ich.
LUC Aber sie hat ein gescheites Gesichtl.
TRANIA Wie ich.
LUC Sie hat eine intelligente Nase. Ihr Mund hat einen IQ von 180 und ihre Augen sind eine Bibliothek.
TRANIA Dann ist es also wahr, Luc, du fühlst es auch. Du hast dich verliebt in das Fernste, was so nahe liegt, in das Unmögliche, das doch so selbstverständlich ist, in die Enkelin der Tochter deines angeheirateten Großonkels Tante Stiefbruder seinem Vater

Schwiegersohn, in die Tochter des Weinlieferanten eurer Sektkellerei, in ...

LUC Du doch nicht, Trania, lass den Scherz.

TRANIA Nicht? Nicht in mich? Dann, dann bist a Trottl. Was die Psychologie der Frauen anlangt bist du noch in der Steinzeit. Na, du schwimmst in der Ursuppen. Ursuper. Wer ist jetzt deine Schöne? Mund mit einem IQ von 180? Augen eine Bibliothek? Die schau ich mir an, diese Bücherwürmin.

LUC Sie ist feinfühlig und empfindlich und zärtlich und romantisch und ...

TRANIA Hast schon mit ihr gesprochen.

LUC Das gerade nicht. Aber, schau das ist ja gar nicht notwendig. Ich liebe, wie sie ihre Nase hochzieht, wie sie ihre Lippen leckt. Ich liebe, wie sie schaut, wie sie geht. Ich dreh durch, wenn sie sich schnäuzt. Ich verehre ihr angschnäuzts Schnäuztüchl, den kreuzbraven Löffel aus dem sie ihre Kräutersuppe schlürft, ihr Zahnbürstel, ihre Ohrenstäbchen, ihre verschwitzten Socken, den Klodeckel, wenn sie darauf gesessen ist, den Lurch unter ihrem Bett, den ...

TRANIA Du bist ja pervers.

LUC Nein, nur verliebt, verliebt. Schau, da kommt sie.

TRANIA Die Dicke?

LUC Das ist ihre Mutter.

TRANIA Die mit dem verbissenen Gesicht?

LUC Das ist ihre Schwester. Die da, die in der Mitte.Schau nur, was für ein elfengleiches Wesen. Einen Busen hat die, der sprengt alles. Mit dem kann man in ein Bergwerk gehen, das reinste Dynamit. In Amerika darfst du mit so was gar nicht einreisen.

TRANIA *kriegt Lachkrampf, der in Weinen übergeht* Du hast Geschmack ...

LUC Eh.

TRANIA ...-sverwirrung. Die schaut aus wie a Friseurin. Die und intelligent? Es ist ja allgemein bekannt, dass die Liebe blind macht. Aber auch noch deppert?

LUC Schau nur, wie sie geht.

TRANIA *imitiert das Gehen* Wie geht sie denn? So?

LUC Du, ich muss sofort den Vater anrufen.

TRANIA Da drüben ist ein Telefon. Wart ich bring's dir. *Sie zieht an einem Bechertelefon, bis die Schnur reißt* Das tut mir leid. Verbindung abgerissen. Kein Anschluss unter dieser Nummer. Kein Anschluss, keine Nummer.

LUC Kein Problem. Ich hab mein Handy mit. *Er holt einen Becher aus seiner Tasche, wählt* Ich hör nichts.

TRANIA Wird doch die Wertkarte nicht leer sein?

LUC Jetzt! Ja! Hallo! Papa! Hörst mich? Wer? Ich bin's. Der Luc. Was für ein Luc? Dein Sohn. Ja. Du stell dir vor, es ist soweit. Nein, ich hab nicht mein Studium beendet. Es . . . Was? Nein, ich hab nicht zu arbeiten begonnen, stell dir vor, ich hab eine gefunden. Was? Nein keine Stellung, eine Frau. Was? Nein, sie weiß noch nichts. Aber ja. Du, die ist ein Traum. So intelligent.

TRANIA IQ 180, aber nur im Mund. Augen wie a Bibliothek.

LUC Was? Nein, aber ich weiß schon wie sie heißt, Bianca Ganswohl. Ja, ganz recht, Ganswohl. Was? Weiß nicht, ob sie Geld hat, das ist doch nicht wichtig. Was? Für dich schon. Du willst kommen? Die musst du dir anschauen? Du, du wirst begeistert sein. Ja, komm. Ja. Baba Papa. *Er legt auf* Er kommt. Er kommt! Was machen wir denn jetzt?

Trania zieht ihn zur Seite

1. AKT, 3

Mutter Battista Ganswohl und ihre beiden Töchter Katharina und Bianca treten auf den Schauplatz. Auf dem Weg zum Ausstattungsgeschäft Schwäbische Jungfrau. Wir erfahren Mama Battistas Erbnöte. Nämlich: Ohne Katharinen Hochzeit kein Erbe von Seiten der ausgefuchsten Urli.

Lied, nach „Rum and Coca Cola“
(mit Akzent gesungen)

An uns sieht man sich nie nicht satt
Wir haben Hamur, sind nie nicht fad
Eukalyptus Zuckerl sind wir, nein
Garantiert aber zart und fein

Find an Mann und Hulahula
Mach uns kann Kummer
Männer schnell, kommts her
Reich und schön sein darf er

Oh, vergib mir, Mama, vergib mir.

Kind ich geb dir einen guten Rat
Lass schenken dir an Ring mit viel Karat
Von wahrer Liebe, was man so weiß
Is Geld der einzige Beweis

Find an Mann und Hulahula
Mach uns kann Kummer
Männer schnell, kommts her
Reich und schön sein darf er

Oh, du Sextier, du Sextant.

Vom Zehennagel bis zum Oberteil
Frauen wollen vor allem eines, weil:
Ohne Mann hast a an Mief,
Und hängt das ganze Leben schief
Find an Mann und Hulahula
Mach uns kann Kummer
Männer schnell, kommts her
Reich und schön sein darf er
S wird a Spaß, Mama, s wird a Spaß

Männer brauchts, drum sag ich dir
Steht amoil aner an deiner Tier
Haus net zua. Weil wenn wir uns z'sammentun
Kommt kein Manne mehr zum Ruhn

Find an Mann und Hulahula
Mach uns kann Kummer
Männer schnell, kommts her
Reich und schön sein darf er

Und heißt er auch Perlakovic
Das Leben zu zweit, es is ka Kitsch
Bei Nacht san alle Männer gleich, ich hoff
Bei Tag is a ka Off

Find an Mann und Hulahula
Mach uns kann Kummer
Männer schnell, kommts her
Reich und schön sein darf er

S wird a Spaß, Mama, s wird a Spaß

Mann und Hulahula
Mann und Hulahula
Wart ma auf den Dudler

BIANCA Also mein Brautkleid, wenn ich einmal mich verehelich, und das werd ich, heiraten werd ich, mein Brautkleid muss schlicht und ergreifend bezaubernd sein. Nichts übertrieben Pompöses, nichts Extravagantes, Pikantes, Schnöseliges, aber elegant. Der Schleier sollte sein wie aus Zucker, kein Fliegengitter. Das Brautkleid ist der Spiegel einer Seele – und meine ist bescheiden, natürlich. Ein schönes Dekolleté.

KATHI Keine Prostitutionsloge, aus der die Gspaßleiberl koitieren, mehr eine kleine Bellaria, wo die Brüste Hallo sagen.

BATTISTA Warum net gleich a Belletage, wo alles bis zum Souterrain hinunter hängt? Ausgschamtes Halbstockmensch, aber lieb.

BIANCA Eine Schleppe, damit die Blumenmädchen was zu schleppen haben, ein kleines Krönchen, aber mit Brillanten, schlicht, aber teuer. Und Schuhe!

BATTISTA Na, bloßhappert wirst zum Altar watscheln.

BIANCA Wie eine Prinzessin muss ich aussehen. Das hab ich mir verdient. Und als Musik wünsche ich mir den Jean Penn.

BATTISTA Den wen?

BIANCA Jean Penn.

BATTISTA Der nennt sich Le Penn, was soviel wie Sandler heißt, und ist ein französischer Nazi.

BIANCA Der Jean Penn?

KATHI Chopin, sie meint Chopin.

BIANCA Sag ich doch, Jean Penn.

BATTISTA *Hassmonolog, war immer eifersüchtig auf die Tochter* Was redest denn da, dummes Ding? Die ganze Wochen bist du Dings, irritiert, wer dich am Wochenende ausdingt, ausführt. Und dann? Blödsinn einführen. Ding Dong! Du kennst ja die Männer nicht, nicht den Le Penn, nicht den Chopin und nicht den Schopenhauer, nicht einmal den Steinhauer. Männern kann man nicht vertrauen. Die sind Dingsgesteuert. Außerdem bist du fesch, so was verzeiht man nicht. Gut, dass du wenigstens dumm bist. Aber solange wir keinen Bumsdings, keinen Mann für deine Schwester finden, kannst du dir die Hochzeit in die Dings schmieren, in die Haar.

BIANCA Aber . . .

BATTISTA Bedank dich bei deiner Schwester, die gesagt hat, einen Dingsbums, einen Mann für sie gibt es nicht. Und meine Schwiegergroßmutter, deine Urgroßmutter, die Dings, die Urli, Gott hab sie selig, die blöde Urschel, hat dagegen gedingt. Und jetzt haben wir den Vertrag, was ich net vertrag. Das ist vertrackt. Das hab ich nicht verdient.

BIANCA Ist es vielleicht meine Schuld, dass ich erst heiraten darf, wenn für diese blöde Ziege ein Bräutigam gefunden ist? Kann vielleicht ich etwas dafür, dass die so charmant ist wie ein Ziegelstein?

BATTISTA Solang ihr nicht beide verheiratet seid, wird mir kein Urli-Erbe ausbezahlt. Glaubt ihr, mir macht's Spaß, von einem Taschengeld zu leben, wo ich urviel erben könnt? Auf was soll ich denn warten? So jung, wie ich ausschau, bin ich nimmer. Meine Schönheit blüht dahin, mein Teint verglüht. Drum müssts ihr euch verehelichen. Urschnell! Du zuerst, dann du. So steht's im Urli-Testament. Das hat sie sich ausgedacht, um mich zu karniefeln, diese bösartige alte Schuhschachtel. Nach außen war's vielleicht urlieb, die Urli, aber innerlich? Ein geiziges, böses, gemeines Weib.

KATHI Sie hat's doch gut gemeint.

BATTISTA Nichts!

KATHI Du kannst vielleicht nicht glauben, dass eine Frau frei und unabhängig sein will.

BIANCA Bist du vielleicht lesbisch?

BATTISTA Rede nicht so blöd daher. Deine Schwester ist nicht krank.

KATHI Ich mag unabhängig sein. Bei mir hat alles seine Ordnung.

BIANCA Ich habe gehört, dass die Liebe gar nicht so schlecht sein soll, dass fast alle Menschen lieben. Außer meine Schwester. Da sehe ich gar nicht ein, warum ich die einzige Ausnahme bleiben muss. Oder ist die Liebe vielleicht etwas Schlechtes für ein Fräulein? Ist diese Liebe vielleicht eine Epidemie? Die Katharina mag dagegen iman sein.

KATHI Immun!

BIANCA Ja, im Moon und auf the Earth! Ich nicht. Ich bin empfänglich.

BATTISTA Du fangst gleich eine. Empfänglich? Verfang dich in wen du willst, aber ein Mann zum was Anfangen, zum Heiraten, muss vor allem eines können, reich sein. Mit einem anderen brauchst dir gar nichts anfangen.

KATHI Hast überhaupt schon einen Bräutigam?

BIANCA Darum geht es nicht.

KATHI Männer sind unfähig, sich zu entwickeln. Weißt du nicht, drum kläre ich dich auf: Sobald sie gelernt haben, aufs Töpfchen zu gehen, ist Schluss mit der Entwicklung. Große Kinder. Und faul. Die meisten tun nichts, verbummeln ihre Zeit. Ich habe es nicht gern, wenn nichts getan wird, das Leben ist zu kurz.

BIANCA Dir ist ja keiner recht. Der, der mich einmal bekommt, muss groß und gut gebaut sein – und eine Kaffeemaschine bedienen können wie der George Kuli.

KATHI Clooney.

BIANCA Sag ich doch. Kuli.

KATHI Ich will überhaupt nicht heiraten, nur wenn der Richtige einmal kommt. Und sogar dann werd ich's mir reiflich überlegen.

BATTISTA Da können wir lang warten auf die Erbschaft.

KATHI Bei mir herrscht nun einmal Disziplin in allem und jedem.

BATTISTA Blödsinn. Bei dir herrscht überhaupt nichts. Du brauchst einen Mann, der dir sagt, was zu tun ist, nämlich heiraten. Schon wegen der Urli-Erbschaft. Aber solangst keinen hast, der dir sagt, dass dir endlich einen finden sollst, wird das nie was. Schau, von mir aus, kannst du machen, was und wie du willst, solangst heiratest. Es geht ja nicht nur um die Erbschaft, es geht ja auch ums Geld. Dir ist das vielleicht egal, aber mir nicht – und ich bin schließlich deine Mutter. Meine Meinung zählt.

Alle drei ab, Luc und Trania blicken ihnen nach

LUC Ist sie nicht göttlich?

TRANIA Na ja. Geht eh. Wie ein Wackelpudding auf zwei Haxen. Aber ihre Schwester? Die reinste Furie. *Imitiert Kathi* Bei mir herrscht nun einmal Disziplin in allem und jedem.

LUC Glaubst du, liebt sie mich auch? Weißt, ich bin so weich, so mitfühlend, so introvertiert, so voller Poesie.

TRANIA *kommt ihm mit den Lippen nahe, er nimmt davon keine Notiz* Du bist beliebt bei Alt und Jung. Na, du bist ein Trottel und ein blinder Hund.

LUC Da kommt wer.

TRANIA Ist das nicht dein Vater?

LUC Schnell weg. Ich muss die Bianca erst gewinnen, damit ich sie ihm auch vorstellen kann.

1. AKT, 4

Mit dem Auftrittslied (I bin aus Horth an der Donau) treten Hortensio und Gremio von Sprudelhof auf den Plan. Gremio als Brautinspektor wird von Hortensio für einen Biancen-Buhlen gehalten. Dieses Missverständnis etabliert sich auf Grund eines verwirrenden Dialogs.

Beide treten gleichzeitig auf

GREMIO *spricht Döblingerisch, mit Zeitung* So jung is doch der nimmer, dass er immer noch so blöd sein muss. Mein Bua, de Flaschen, hätt sich auch daheim in Döbling eine finden können. Nein, in der Stadt muss er sich verschauen. Wo jeder weiß, dass es hier gefährlich ist – erst recht für einen Sprudelhof. *Er zitiert die Zeitung* 14 Einbrüche, 2 Morde, Brandstiftung, Handtaschlräuber, Nackerte, ein Irrenhäusler ist aus Steinhof entsprungen. Was? Sachen gibt's. Es handelt sich um den 37-jährigen H.S. Der Abgängige hat das Weite gesucht und in weiterer Folge auch gefunden. Der Gesuchte ist von hagerer Statur, neigt zur Hochstapelei, mäßig gefährlich, trägt eine große Nase in der Gicht, na, im Gesicht. Besondere Kennzeichen: Kurzsichtigkeit, ein Leberfleck. Besonders auffällig ist, dass er häufig seine Hose verkehrt, nämlich mit der Innenseite nach außen trägt ... So ein Depp! ... Dabei ist es ja ein Glück, dass sich der Bub überhaupt mal eine find. Aber ich muss das inspizieren. Wer weiß, was mir der sonst für einen Kaktus ins Haus bringt. Wer san denn Sie?

HORTENSIO Mein Name ist Hortensio Schlauch. Ich komme aus

Lied, nach „Guantanamera“

Orth an der Donau.
I kum aus Orth an der Donau.
Orth an der Donau.
I kum aus Orth an der Donau.
Do mach ich mei Verehrung
Ich muass sagen, ich gfall ma
Schau a bisserl aus wie der Nero
Und schaum mi a net für mei Karma
Bin jung und hübsch und ein Erotomane, und ka Streichkas von Alma.
(Im Hoserl a Palma)
Orth an der Donau ...
I hab im Kopf lauter Karo
So wer wie i war no nie do
Obwohl, was siech i do fir an Dillo?
Gengans ruhig ham, bin lieber allan do
Wiederschaun, jetzt reiß scho o
I steh net auf di, is des claro?

Orth an der Donau ...

Bei uns da gibt's kane Punker
Kommt da kana so schnell in die quero
Obwohl ich bin ja ein Hero
Für einsame Frauen ein Anker
Die gehen gleich über vor Sero-
Tonin, wollen werden sie schlanker.
Orth an der Donau . . .

Da braucht kana an Lehrer
Nur Wirten und Köllna
In Deutsch hab i ghabt nur an Viera,
Mit de Finger da zähln ma
Wir Orther san kane Rohrkrepiera
Essen Spargel, drum san ma Verfiehrer

Orth an der Donau . . .

GREMIO Hallo. Entschuldigung, Sie Sänger. Ich suche eine gewisse Bianca.

HORTENSIO Sie? Wieso? Bianca Ganswohl?

GREMIO Ganz recht.

HORTENSIO Ganswohl.

GREMIO Ganz recht.

HORTENSIO Ganswohl.

GREMIO Ganz recht.

HORTENSIO Na, sie heißt Ganswohl.

GREMIO Ganz recht.

HORTENSIO Hören Sie, wie oft muss ich denn noch sagen, sie heißt Ganswohl und nicht Gansrecht.

GREMIO Ganz recht.

HORTENSIO Der will mich pflanzen. Da bin ich haklich. Was wollen Sie denn von ihr?

GREMIO Ich will sehen, ob sie zur Braut taugt.

HORTENSIO Na, der a, der taugt mir. Ein Buhle. Die Bianca gehört schon mir. Bei Frauen bin i haklich, aber die Bianca muss sich glücklich schätzen, wenns mich kriegt – und nicht so einen alten Krauterer. Die Ästhetik, das bin ich, aber nicht mit zwei S.

GREMIO Wie ist die eigentlich so, diese Bianca. Ist sie hübsch?

HORTENSIO Die ist nichts für Sie. Zuerst ist sie fett, dann hat sie keine Manieren und ein Luder ist sie außerdem. Und arm. Sie können also wieder gehen, mein lieber Herr. Sie verschwenden hier nur Zeit. Die ist nichts für Sie. Wiederschauen.

GREMIO Sehen möchte ich sie schon.

HORTENSIO Ach so, sehen möchte er sie schon. Schauens lieber, dass Sie weiterkommen. Sehen Sie sich zu. Wie heißen Sie überhaupt?

GREMIO Gremio von Sprudelhof.

HORTENSIO Von der Sprudelhofstiege auf der Heiligenstädter Lände. Von dort?

GREMIO Von meiner Vater Lende aus dem Tullner Becken und außerdem von Döbling.

HORTENSIO Wurscht. Die Bianca schlagen Sie sich aus dem Kopf, die ist dazu geschaffen, Männer unglücklich zu machen, außerdem ist sie mir versprochen. Mir, Hortensio Schlauch aus Orth an der Donau.

GREMIO Ach so, obwohl sie fett und ein Luder ist?

HORTENSIO Ich opfer mich halt auf für alle Männer. Auch für Sie. Also, es war sehr nett, schade, dass Sie jetzt schon wieder gehen müssen. Baba.

GREMIO Der ist ein bisschen . . . Hhha! Wie heißen Sie? Hortensio Schlauch? H.S. Das is er, der Geisteskranke. Die Hosen hat er auch verkehrt an, nämlich richtig, damit er nicht erkannt wird. Es ist ein Ross entsprungen. Und die Verlobte von meinem Sohn kennt er auch. Womöglich will er sich vergreifen. Ich bleibe.

HORTENSIO Das tut mir leid, dann muss ich Sie nach Hause komplementieren.

GREMIO Sie! Lassen Sie mich los, Sie Schmalpickter.

HORTENSIO Sie. *Er zeigt ihm seinen kaum vorhandenen Bizeps* Was Sie hier sehen ist das Ergebnis von 1.000 Stunden Kraftkammer und mehrerer Hektoliter Proteindrinks. Dieser Arm hat Millionen Mal eine Hantel gehoben, um darauf zu warten, einmal zuzuschlagen.

GREMIO Jetzt beruhigen wir uns erst einmal. Was wiegt, das hat's. An der scheint was dran zu sein. Scheint ja die ganze Stadt in Aufruhr zu sein.

HORTENSIO Vor dieser Faust zittert ganz Wien.

GREMIO Ich mein die Bianca. Woher kennen Sie sie eigentlich?

HORTENSIO Man ist informiert.

GREMIO In Steinhof? Äh, das ist mir so rausgerutscht, wird gleich wieder reinrutschen.

HORTENSIO Passens lieber auf, dass net ausrutschen, Orthunkundiger, sonst leg ich Ihnen a Rutschen.

GREMIO Ich muss schon aufpassen auf die Besitztümer. Ich hab immerhin eine ganze Sektkellerei zu verlieren. Aber es gibt einen Nebenbuhler. Reich ist er auch in seiner Einbildung. Sind Sie reich?

HORTENSIO Reich? Ich habe Spargelfelder und Marchfelder . . . und eine Seevilla.

GREMIO Ah, aus Sevilla kommen Sie? Ein Spanier. Ein Ausländer. Und dort pflanzen Sie Spargel an?

HORTENSIO Pst, da ist sie ja. Wie die das nur macht, so gut auszusehen?

GREMIO Da schau ich aber. Fett? Keine Manieren? Ein Luder?

1. AKT, 5

Rückkehr der drei Damen mit anschließender Werbung des tatsächlichen Werbers Hortensio und Erkundung des vermeintlichen Buhlen Gremio von Sprudlhof. Mutter Battista weist zähneknirschend auf die erzwungene Reihenfolge der Vermäh-

lungen hin: Erst Kathi, dann Bianca. Hortensio etabliert seinen Standard-Spruch: „Weil, da bin i haglich", Sprudlhof hingegen: „Was s wägt, des hod's" und befindet Bianca aus verschiedenen Gründen für familientauglich. Die Damen gehen ab. Bis zur Lösung des Katharinenproblems kommt es zu einem Waffenstillstand der beiden Buhlen. Nun bringt Hortensio Petruchio als Retter ins Spiel. Wer, wenn nicht er könnte Kathi, die Widerspenstige, zähmen. Er erzählt dem verarmten Lebemann Petruchio aus Simmering via Bechertelefonie von der Möglichkeit einer äußerst lukrativen Heiratsmöglichkeit. Petruchio hebt ab, versteht erfreut seine finanzielle Rettung. Das alles wurde von Trania beobachtet. Alle außer Trania ab.

Die beiden Bewerber winken mit ihren Schnäuzfetzen

BIANCA Immer diese Bewerber. Wo man auch hinkommt, sie verfolgen einen auf jeden Atemzug und atmen einem die Luft vor jedem Schritt und Tritt weg. Das ist gar nicht Kommode, wenn einen die Männer so belagern und inkommodieren.

BATTISTA Ein Benehmen ist das wieder – wie eine läufige Hündin.

KATHI Bewerber? Ich seh nur zwei, eine Zaunlatten und einen Topflappen. Der eine ist ein Hypertoniker und der andere ein schilddrüsenkranker Leptosom mit Magenkatarrh.

HORTENSIO Meinen Handkuss.

GREMIO Verehrung.

KATHI Verdauung. Wo sind denn die anderen hingekommen? Es werden doch nicht alle Selbstmord begangen haben?

BATTISTA Sie! Was schauen Sie denn so?

HORTENSIO Es heißt, Töchter werden so wie ihre Mütter.

BATTISTA Und? Bin ja nur ane.

HORTENSIO Erschreckend, äh, ich meine, meine Selbstbeherrschung ist einmalig, so bald ich Ihre Tochter, die Bianca, seh. Ich kann nicht essen, nicht schlafen, ohne dass sie auftaucht vor meinem Auge. Keine Stunde halte ich es aus ohne sie.

KATHI Dann müssen Sie Schluss machen. Nur weil Sie sie attraktiv finden, dürfen Sie sich ihr Leben nicht verpfuschen lassen.

HORTENSIO Aber ich liebe sie. Ich habe Absichten und Aussichten.

KATHI Was sagt da der Doktor? Aber Sie sind ja noch jung, das gibt sich.

BATTISTA Bist du ruhig, du Lästermaul. Und du? Steh nicht da wie ein übergossner Pudding, sag schön Guten Tag.

BIANCA Hallotschi Popotschi.

GREMIO Sie, ich muss Sie warnen, der ist deppert. Dachschaden. Der ist so lang wie er blöd is.

KATHI Das sehen wir.

GREMIO Das meine ich nicht, er ist . . .

BATTISTA Wer ist er?

HORTENSIO Das ist der Perlhuhn, äh Pfudl, äh der Herr Strudl.

BIANCA Aus der Kronen Zeitung?

GREMIO Darf ich mich vorstellen, Herr Gremio von Sprudelhof aus Döbling.

KATHI Lauter Prinzen aus der Provinz. Der eine aus Orth an der Donau, der andere aus Mödling.

GREMIO Döbling!

KATHI Werden Sie nicht unverschämt.

BATTISTA Genau.

GREMIO Aber. Wir stammen aus altem französischen Adel, wie man schon am Namen hört, Sprudelhof.

KATHI Klingt sehr französisch – fast wie Mecklenburg-Vorpommern.

GREMIO Selber.

HORTENSIO Nichts gegen Orth an der Donau. Wir haben jetzt eine Verkehrsampel bekommen.

BATTISTA Aber geh, eine mit drei Lichtern?

KATHI Da wird für jeden a Farb dabei sein, gell.

BATTISTA Sagens, sind dort alle so groß wie Sie. Lang ist der Mensch. Da stehen die Füß noch im Mittelalter, während der Kopf schon in das Dritte Jahrtausend ragt.

HORTENSIO Orth an der Donau ist die schönste Gemeinde Niederösterreichs. Sogar der Landeshauptmann war schon einmal fast da. Und ich habe die Ehre, dort Spargel anzubauen. Meine Felder reichen kurzum von Carnuntum bis Großenzersdorf, von Eckartsau bis Prölleinkirchen.

BATTISTA Spargel? Bringt das etwas ein?

HORTENSIO Ob das etwas einbringt? Spargel ist ein wunderbares, ein göttliches Gewächs. Ein Aphrodisiakum.

BATTISTA Fraudiwas?

HORTENSIO Aphrodisiakum.

BATTISTA Dass i a kum? Und was stehens dann da noch herum?

HORTENSIO Alles Leben kommt aus Spargel. In Indien verehrt man ihn als Gottheit, in Japan hat er einen Schrein. Und was ist Christus am Kreuz gereicht worden? Ein in Essig getauchter Ysoppen? Nein, Spargel. Was haben die Amerikaner am Mond gepflanzt? Die Flagge? Nein, Spargel! Warum gab's den kalten Krieg? Spargel ist die Fackel der Kultur, die Lanze, was sag ich, der Zauberstab. Spargel – das beste Stück der Natur.

BATTISTA Und bei uns gibt es Grünen, Weißen, Violetten.

KATHI Und den Weltspargeltag.

BATTISTA Und die Sauce Hollandaise.

KATHI Und Spargelvereine.

GREMIO Lassen Sie ihn reden, der ist heute aus Steinhof entsprungen.

BATTISTA Gehns. Und Sie? Wo sind Sie entsprudelt?

GREMIO Ich bin aus Döbling, dem herrlichsten Flecken unter Gottes herrlich blauem Leintuch.

KATHI Und da wollens meine Schwester beflecken?

GREMIO Wie so um Christi Geburt herum, jungfräulich Wien zu bestehen begann, war Döbling schon die einzige Sehenswürdigkeit. Wegen Döbling hat Hannibal die Alpen überquert. Wegen Döbling hat man Troja belagert. Wegen Döbling ist der zweite Weltkrieg ausgebrochen.

HORTENSIO Wien war der Schrebergarten der Babenberger, die gelebt haben in Orth und dort Spargel angebaut haben. Aus Orth kommt die Orthographie, die Orthopädie, die Orthodoxie, die Ordnung, die Orientierung und die Elisabeth Orth.

GREMIO Paperlapap, Depperter, sind doch alle aus der Orth geschlagen. Orth? Das war doch a Gstettn, allenfalls a Pestgruben. Die hochherrschaftlichen Noblichkeiten waren immer schon in Döbling.

HORTENSIO Womit sind die Türken vertrieben worden?

BATTISTA Mit Spargel aus Orth an der Donau?

HORTENSIO Sie! Sie ältliche Debütantin. Ich meine, Gnädigste.

BATTISTA Nur zu. Ich merke mir jede Unverschämtheit. Außerdem bin ich im Verborgenen voller Leidenschaft und auf die Defloration harrend.

GREMIO Das muss sehr verborgen sein.

HORTENSIO An Defibrillator könnens haben.

BATTISTA Der wär nicht schlecht, weil der hat in Sichtweite fünf Häuser, alt ist er auch, wenn er bald stirbt, gehört alles mir.

BIANCA Mir.

BATTISTA Mir.

BIANCA Mir.

BATTISTA Mir.

KATHI Mir! Wie die russische Weltraumkapsel.

BATTISTA Wann er nur nicht reden tät wie ein Polypenkranker. Sie! Leben Sie gesund?

GREMIO Sehr.

BATTISTA Das ist schlecht. Sehr schlecht. Aber das heißt nichts. Spüren Sie nicht schon wo ein Zwicken?

GREMIO Nein.

BATTISTA So ein Schlagerl oder Kasperl kommt oft ganz überraschend.

GREMIO Meine Werte sind ausgezeichnet.

BATTISTA Ausgezeichnet! *Für sich* Das ist schlecht. *Laut* Haben Sie nicht manchmal eine Ahnung?

GREMIO Wir Sprudelhofs werden alle 100 Jahre - oder noch älter.

BATTISTA *für sich* Der ist ahnungslos. Das ist schlecht. *Laut* Schön für Sie. Der andere hat Liegenschaften.

HORTENSIO Und Leidenschaften.

BATTISTA Meine Herren, ich erkenne ihre ernsten Absichten, aber leider steht die Bianca noch nicht zur Dischposition.

HORTENSIO Aber wieso denn?

BATTISTA Erst wenn wir für Katharina einen Bräutigam haben, dürfen wir an eine Biancaheirat denken, so will es das Erbfolgegesetz der Urli, dieser Gurken. Erst muss die Katharina heiraten, dann die Bianca, damit dann ich ... Da kommt mir a Idee. Man muss nur zwei und zwei zusammenzählen. Wenn also einer von den Herrn die Katharina nehmen möchte, könnte der andere die Bianca, während mir das Urlierbe ...

GREMIO Der ist ein Missverständnis. Ich will ja überhaupt nur ...

HORTENSIO Ich will überhaupt nur die Bianca.

GREMIO Ruhe, Depperter! Ich will doch. Die Sache ist nämlich die, da war der Anruf, deswegen bin ich ja überhaupt nur ...

KATHI Süß. Eine Anrufung.

GREMIO Aber.

BATTISTA Überlegen Sie es sich halt. Aber nicht zu lang - sonst langt's mir nämlich langsam. Einer von euch Langen wird wohl zulangen können.

BIANCA *wirft Kusshände* Adieu.

KATHI Wiedersehen. Was ist? Stehen Sie doch nicht so da. Schlafen Sie? Oder sind Sie auf standby geschaltet?

Alle drei ab

GREMIO Die ist ja entsetzlich.

HORTENSIO Ich bin nicht standby.

GREMIO Und ich schlafe nicht.

HORTENSIO Für die finden wir nie einen. Wollen nicht vielleicht doch Sie in die Bresche springen?

GREMIO Ich springe nirgendwo und breschen tu ich schon gar nicht. Und ganz sicher nichts über den Zaun.

HORTENSIO Versteh ich nicht, die ist doch süß, die zieht mit ihrem Hintern Nägel aus dem Holz.

GREMIO Kein Mensch ist so blöd, sich mit der einzulassen.

HORTENSIO Moment, da fällt mir etwas ein. Ich bin ja so brillant, dass ich Angst vor mir selber habe. Wie kann ein Mensch nur so gescheit sein wie ich? Er heißt Petruchio.

GREMIO Betrugwas? Auch aus Steinhof? Ist mir nur so rausgerutscht, wird gleich wieder reinrutschen.

HORTENSIO Petruchio von Tunichtgut-Radicchio aus Simmering.

GREMIO Und der ist gehirnamputiert?

HORTENSIO Der hat ständig Schulden.

GREMIO So viel Schulden kann man gar nicht haben. Petruchio? Ich weiß zwar nicht, ob es gescheit ist, mit einem Deppen gemeinsame Sache zu machen - andererseits geht es um meine Schwiegertochter in spe. Warum nicht den Petruchio? Den druck ma ihr eine.

HORTENSIO Wer, wenn nicht er.

Beide Telefonierer reden sehr laut, Gremio versucht sich ständig einzuschalten

HORTENSIO *ruft mit einem Bechertelefon an, es funktioniert nicht, Gremio gibt ihm seines, einen Blumentopf* Was ist denn das für ein vorsintflutliches Handy?

GREMIO Für Senioren!

PETRUCHIO *erwacht vom Klingeln, kennt sich erst gar nicht aus, geht schließlich, nachdem er überall das Telefon gesucht hat, ran* Von mir erfahren Sie nichts! *Neuerlicher Anruf* Was ist denn? Wer stört?

HORTENSIO Petruchio?

PETRUCHIO Nein, der Telefonjoker von der Millionenshow. Sie haben 30 Sekunden Zeit. Los.

HORTENSIO Petruchio, ich bin's, da Hortensio.

PETRUCHIO Hortensio? Ah, Hortensio aus Horth an der H-Donau? Hoho. Was gibt's?

HORTENSIO Pass auf, was ich dich fragen wollt, dir hat doch Kaviar immer geschmeckt?

PETRUCHIO Bis ich draufgekommen bin, dass das Fischeier sind. Was soll der Blödsinn?

HORTENSIO Hast du noch Schwierigkeiten im pekuniären Bereich?

PETRUCHIO Schwierigkeiten? Das wär ein Euphemismus.

HORTENSIO Euphemismus!

GREMIO Was für ein Feminismus? Ist das ein Feminist?

HORTENSIO Steht dir's Wasser noch zum Hals?

PETRUCHIO Da ging's mir gut. Eher steht's mir bis zum Scheitel.

HORTENSIO Es steht ihm bis zum Scheitel.

GREMIO Da wird er kein Viagra brauchen.

PETRUCHIO Was heißt da Niagara?
HORTENSIO Die Verbindung ist so schlecht. Ich hör dich kaum.
PETRUCHIO *er entwirrt die Schnur* Besser?
HORTENSIO Besser.
PETRUCHIO Also, worum geht's?
HORTENSIO Um eine Partie.
PETRUCHIO Tennis, Schach oder Karten?
HORTENSIO Heiraten sollst.
PETRUCHIO Ich? Heiraten? Aber wieso denn? Wen denn?
HORTENSIO Weil sie Geld hat, hübsch ist sie auch. Geld färbt ab.
PETRUCHIO Die Sache hat doch einen Haken?
HORTENSIO Er fragt, ob's an Haken hat?
GREMIO Na, hakenstad.
HORTENSIO Du weißt, es ist mein Prinzip, mich nie in das Leben meiner Mitmenschen einzumischen. Aber diese Katharina ist wirklich reizend. Und da hab ich natürlich gleich an dich gedacht, mein lieber Freund.
PETRUCHIO Das ist lieb von dir – mein lieber Freund. Nur, wenn du reizend sagst, kann ich mir schon vorstellen, wie's mich reckt. Reizend wie ein Brechmittel?
HORTENSIO Nein, kein Brechmittel.
GREMIO Wieso denn Bleichmittel? Sie ist doch brünett. Brünett!
PETRUCHIO Nett? Also is sie nicht nett? A Funsn?
HORTENSIO Nein, nur eine Widerspenstige mit langem I. Und? Machst du's?
PETRUCHIO Wofür hältst du mich? Du glaubst, ich tausch meine Freiheit ein für eine Gespritzte, du glaubst ich beiß mir selbst in Popocatepetl?
HORTENSIO Er beißt sich in Popocatepetl.
GREMIO Sagens ihm, er muss nicht betteln.

PETRUCHIO Du glaubst, ich pfeif auf dieses wunderbare Gleichstrom-Wechselstromgefühl, das sich Leben nennt, nur um irgendein Grammelschmalz zu ehelichen?

HORTENSIO Er will kein Grammelschmalz.

GREMIO Soll er Bradlfettn . . .

HORTENSIO Du sollst Bradlfettn.

PETRUCHIO Was? Ich hab a Fetten? Ist sie dick?

HORTENSIO Aber nein, keine Fette. Nicht dick.

GREMIO Sag ihm, die kennt Fasten nur vom Fliegen, wenn es heißt fasten your seatbelts.

PETRUCHIO Was bellts?

HORTENSIO Nein, sie bellt nicht.

PETRUCHIO Du, wenn du glaubst, dass mich meine langjährige vorübergehende Finanznot korrumpierbar macht, wenn du glaubst, ich bin auf sowas aus, dann sag ich ekelerregend, geschmacklos, impertinent, es gab noch nie und wird auch niemals geben einen Tunichtgut-Radicchio, der sich verkauft. Und wenn du glaubst, ich gebe mich für so was her, dann hast du recht. Ich mach's.

HORTENSIO Er macht's.

PETRUCHIO Ich mach's.

GREMIO Er macht's.

HORTENSIO Er macht's.

PETRUCHIO Ich mach's.

GREMIO Er macht's. Jetzt macht er's, mein Gott, er macht's.

Alle drei ab

1. AKT, 6

Jetzt tritt der liebeskranke Luc wieder auf und wird von Trania über die herrschenden Verhältnisse aufgeklärt. Nun entwickelt Luc den Musiklehrer-Einschleichplan. Trania soll in der Zwischenzeit als Luc die Stellung halten. Trania verwandelt sich aus Liebe zu Luc in denselben. Dunkel.

LUC Meine Tage sind zu lang oder zu kurz, aber nie richtig. Wenn ich sie sehe, sind sie mir zu kurz, wenn ich sie nicht sehe, sind sie mir zu lang. Über kurz oder lang wird mir die Zeit zu schwer. Wenn ich sie sehe, ist mir alles leicht, aber wenn ich sie nicht sehe, bin ich schwermütig.

TRANIA Luc! Du wirst es nicht glauben.

LUC Ich glaub's eh.

TRANIA Das musst du auch, weil es die Wahrheit ist.

LUC Ich glaub's eh.

TRANIA Aber du wirst es nicht glauben wollen, du kannst es gar nicht glauben wollen.

LUC Jetzt red schon.

TRANIA Die kannst dir abschminken, die Bianca hat zwanzig, was sag ich, vierzig Verehrer, zwei hab ich selbst gesehen.

LUC Nein. Das glaub ich nicht. Sind sie alle alt und schirch?

TRANIA Alt und schirch? Wie Spargel und Mülli.

LUC Das ist gut.

TRANIA Das ist gar nicht gut, der eine, der Spargel, ist jung und kräftig, solche Muskeln. Ein Potenzler. So viel ich mitbekommen habe, besitzt er Spargelfelder in Sevilla. Der andere, der Mülli, ist dicker, ich hab ihn von hinten nur gesehen. Dafür ist er Mülli.

LUC Was denn für Mülli? Müllimeter? Müllmänner?

TRANIA Ein Müllionär.

LUC Dann ist alles aus. Ich bring mich um, ich kann nicht leben ohne sie. Das heißt. Wenn. Vielleicht. Was ist eigentlich mit meinem alten Herren?

TRANIA Den hab ich nicht gesehen. Wahrscheinlich wieder abgereist. Was überlegst?

LUC Wir brauchen eine Strategie. Aller Anfang allen Lebens ist Strategie. Das erste Chromosom hat das zweite ins Gnack bissen. Die Ursuppe ist ein einziges Schlachtfeld. Schon die ersten Menschen waren Wesen voller Strategien.

TRANIA Wir könnten uns zum Beispiel als Liebespaar ausgeben. Wenn du mich umarmst und küsst, wird sie das eifersüchtig machen.

LUC Aber sie kennt mich doch noch gar nicht.

TRANIA Musst mich halt so küssen, dass sie dich kennen lernen will.

LUC Nein, hör auf, zuerst muss ich in ihrer Nähe sein.

TRANIA Und dann? Was dann? An mir solltest du trainieren? Vielleicht willst ihn dann gar nimmer, den Ernstfall.

LUC Wenn sie mich erst kennen lernt, kann sie mir nicht widerstehen. Nur wie? Die Alte lässt niemanden an ihre Töchter ran. Das ist eine alte besitzergreifende Spinne, die ihre klebrigen Fäden spannt an denen jeder picken bleibt. Ich hab gehört, dass man einen Geigenlehrer sucht.

TRANIA Aber du kannst ja gar nicht Geige spielen.

LUC Sie doch auch nicht. Ich geb mich aus als der Bruder vom André Rieu.

TRANIA Wer soll das sein? Wie soll der heißen? Holloda?

LUC Holloda? Wieso Holloda?

TRANIA Holloda Rieu! Der andere Bruder von André Rieu.

LUC Du bist blöd. Aber so machen wir's. Du stellst mich vor als Geigenlehrer Drahdiwari, nein, das ist nicht gut, Hans-Ossi Butter, nein, geht auch nicht, Mario Margarini.

TRANIA Schau, mir ist ja alles recht, wenn ich nur in deiner Nähe bleiben kann.

LUC Du kannst natürlich nicht in meiner Nähe bleiben. Du musst dich ausgeben als jemand, der noch hübscher und noch reicher ist als alle Bewerber zusammen, nämlich als (mich).

TRANIA Und wer soll das sein? Und warum soll der sich dann in eine Bianca Ganswohl? Du? Warum gehst du dann nicht selber hin?

LUC Weil ich dann auch nur einer von den Brautwerbern bin, weil sie mich dann niemals kennen lernt, weil ...

TRANIA Ohne mich.

LUC Trania bitte. Ohne dich bin ich verloren. Schau, ich brauch dich doch.

TRANIA Natürlich. Das sag ich ja die ganze Zeit. *Sie schmiegt sich an ihn*

LUC *stößt sie weg* Tschopperl.

TRANIA Und was habe ich davon? Soll ich vielleicht selbst an meinem Unglück schuld sein? Soll ich persönlich dafür sorgen, dass das liebste Wesen sich mir auf ewiglich entfernt?

LUC Ich dachte, dir liegt etwas an mir.

TRANIA Liegen? So direkt liegen. Ich habe Empfindungen, die weit über das herkömmliche Maß einer Enkelin der Tochter des angeheirateten Großonkels Tante Stiefbruder seinem Vater Schwiegersohn hinausreichen. Aber liegen?

LUC Das wird sich wieder legen.

TRANIA Ich bin verlegen, äh verliebt in dich.

LUC Das gibt sich. Du, das ist nur so ein momentanes spontanes Gefühl. Das hört wieder auf. Schau, die Liebe, das ist alles Einbildung. Nur Depperte verlieben sich. Du, die Liebe, das ist ganz was Blödes, wie eine Krankheit.

TRANIA Und was ist mit dir und Bianca?

LUC Das ist was anderes.

TRANIA Ich würde alles tun, um so etwas ganz anderes für dich zu sein. Alles. Aber dir dabei helfen, wie du eine andere eroberst?

LUC Bitte. Tranilein.

TRANIA Du gehst mir ganz schön aufs Ovarium.

LUC Bitte. Traniatschi.

TRANIA Aber nur aus Liebe.

LUC Du bist ein Schatz. Hier zieh das an. Und das. Und das. *Kleidertausch*

TRANIA *imitiert Luc* Zuerst muss ich in ihrer Nähe sein. Wenn sie mich erst kennen lernt, kann sie mir nicht widerstehen. Nur wie? Die Alte lässt niemanden an ihre Töchter ran. Das ist eine alte, besitzergreifende Spinne, die ihre klebrigen Fäden spannt, an denen jeder picken bleibt . . . Das glaubt man mir nie.

LUC Blödsinn. Sag lieber, wie du heißt.

TRANIA Trania Freifrau von Gewürztraminer.

LUC Nein.

TRANIA Trania Travolta-Starkstrom, ich bin eine gebürtige Unehelich.

LUC Luc von Sprudelhof. Du gehst ihr jetzt sofort den Hof machen, während ich mich um Geigen kümmere. Du darfst dir nicht anmerken lassen, dass du weißt, wer du bist. Und noch etwas, wir beide haben uns noch nie gesehen. Auf Wiedersehen.

TRANIA Ein Mann, der nichts als eine Frau im Kopf hat, wird zum Weichtier. Und eine Frau, die nichts als einen Mann im Kopf hat, hat einen Klopfer. Trania, Trania, wie kannst du nur so deppert sein.

Beide ab

1. AKT, 7

Der noch halb betrunkene Petruchio, sich des Telefonates mit Hortensio dunkel erinnernd, torkelt von Simmering in die Innere Stadt. Ein breiter Weg. Diese Stimmung wird durch einen wilden Auftritt und wütenden Ausbruch Katharinas unterbrochen. Das Schicksal nimmt seinen Lauf. Zwei Naturereignisse prallen aufeinander.

PETRUCHIO Uahhh! Hab ich geträumt? Wann irgendwer irgendwann irgendwem irgendwie was von einer guten Partie erzählt, ist mir das irgendwie net wurscht, weil

Lied, nach „She walks like an Angel“

I was, i bin ka Engl
Schlank wie die Stängl
Schwank i a wengl
Aber ich weiß
I bin der Teufel ohne Scheiß
Ja, i bin’s, ja, i bin’s
Der Teufel ohne Scheiß

I fühl mi wie a kesses
Aber ganz entschieden fesches,
Unterschätztes Mannsbild, weil
Jede waß, wie’s liegt bei mir
I was, i bin ka Engl
Schlank wie die Stängl
Schwank i a wengl
Aber ich weiß
I bin der Teufel ohne Scheiß
Ja, i bin’s, ja, i bin’s
Der Teufel ohne Scheiß

Manche glauben, i kumm ausm Häfen
Aber dann sans sehr überrascht
Häfen hab i gnua in mir, weil i gspier
An Teufel, der alle verarscht.

I was, i bin ka Engl
Hab a an Stängl
Der schwankt a wengl
Aber ich weiß
I bin der Teufel ohne Scheiß
Ja, i bin’s, ja, i bin’s
Der Teufel ohne Scheiß

Der Teufel ohne Scheiß
Ja, i bin's, ja i bin's
Der Teufel ohne Scheiß
Ja, i bin's, ja i bin's
Der Teufel ohne Scheiß

PETRUCHIO Ganswohl heißt das Ganserl. Ah, da seh ich's schon. Ein Trutscherl. Was macht man nicht alles für sein Geld?

BIANCA Schau an, schon wieder ein Brautwerber.

PETRUCHIO So eine kommt gepudert und gezuckert auf die Welt und hat schon Ansprüche, weil sie so gut riecht.

BIANCA Der Herr wünschen? Nein, ich seh es, Sie haben mich zufällig hier erblickt und können jetzt nicht länger an sich halten. Sie sind wie vom Blitz getroffen. Ihr Verlangen ist entbrannt und jetzt glauben Sie, mich erobern zu müssen auf der Stelle vom Fleck weg.

PETRUCHIO So könnt man's auch sagen. In Wahrheit hab ich eine Aversion gegen so ein mieses Geschäft, wie du eines bist. Aber heiraten werd ich dich trotzdem.

BIANCA Sie! Sie unverschämter Klotz. Sparen Sie sich Ihre vertikale Bronchialgewalt, bei mir ist das Syphilisarbeit.

PETRUCHIO Das muss ich wohl als Kompliment auffassen, Sie gefakter Orgasmus auf zwei Haxen.

BIANCA Ich bitte was? Orgasmus? Sie! Ich bin keine japanische Papierfaltung.

PETRUCHIO Das heißt Origami, was du meinst.

BIANCA Sie! Sie Schwein! Ich weiß genau, was das bedeutet, schließlich bin ich stukkadiert: Origamie ist die Vielweiberei.

PETRUCHIO Nein. Das wär die Pigamie.

BIANCA Sie! Unterschätzen Sie nicht meine gemeine Schulbildung. Ich bin ein lebendiger Pisa-Test und

Pigamie heißt, wie jeder weiß, Schweinerei. Pig – das Schwein. Ich kenne das vom Kartenspielen. Außerdem muss ich jetzt gehen, es ist namentlich schon zu spät, um als Dame allein herum zu kommunizieren, das wüssten Sie, wenn Sie beiläufig ein Urologe wären.

PETRUCHIO Bleib da, du bist zwar dumm wie Haferflocken, aber heiraten muss ich dich und werd ich dich. Du bist meine Bestimmung und ich bin dein Bestimmer. Du bist doch diese Kathi Ganswohl?

BIANCA Kathi? Meine Schwester?

PETRUCHIO Schwester?

BIANCA Jawohl, die Kathi ist meine Schwester, oder wie die Mama immer sagt, meine Gebärmuttervormieterin, aber an der werden Sie sich noch mehr ihre Zähne ausbeißen wie an mir, Sie Vorstadtcasanowak.

PETRUCHIO Casanova.

BIANCA Nowak bleibt Nowak. Ich geh mich schön machen. *Ab*

PETRUCHIO Da hast du einiges zu tun. *Alleine* Das kann ja heiter werden. Und das war nur die Schwester? Was für ein gespritzter Trampel muss dann erst die Katharina sein. Na, da hab ich mir was Feines eingebrockt. Petruchio, Petruchio, ich glaub, ich geh wieder.

KATHI *kommt, stößt fast mit Petruchio zusammen* Sie! Was stehen Sie da herum im Halteverbot? Haben Sie nichts zu tun? Ich mag es nicht, wenn nichts getan wird.

PETRUCHIO Ich tu ja was.

KATHI So? Und was?

PETRUCHIO Ich spiele Tankwart. Soll ich Ihren Tank vollmachen?

KATHI Sie, was fällt Ihnen nicht ein.

PETRUCHIO Was mir alles nicht einfällt, weiß ich nicht. Aber einfallen tät mir viel. Soll ich Ihren Reifendruck prüfen. Hier? Oder da?

KATHI Aua. Und jetzt vielleicht noch den Ölstand kontrollieren? Gehen Sie weg, Sie Einspritzpumpe aus Fleisch und Blut.

PETRUCHIO Was für ein tolles Fahrgestell Sie haben. Schöne Kotflügerl. Und erst die Airbags. Bisserl klein vielleicht. Aber Größe ist nicht alles.

KATHI Das sagen alle Männer - und meinen damit ihre Stoßstange.

PETRUCHIO Mein Schaltknüppel setzt was in Gang. Und wenn ich Ihnen erst den Zündschlüssel reinsteck und umdreh.

KATHI Sie! Jetzt werden Sie nicht anlassig.

PETRUCHIO Sie wären mir Anlass.

KATHI Bremsens Ihna ein. Kindersicherung! Nicht, dass Sie sich verfahren.

PETRUCHIO Nicht verfahren, nicht verschalten, nur verkuppeln.

KATHI Ein Mehrtürer.

PETRUCHIO Das tut mir im Herzen BMW.

KATHI Ein Alfa Romeo. Jetzt Haudi aber über d Garage, du VW. Mazda!

PETRUCHIO Trabant! Mercedes Benz net herum. Sonst gibt es an Range Rover. Ich greif dir unter d Motorhauben, dass dir Hören und Sehen vergeht.

KATHI Peugeot nicht. Wie käm ich denn Datsun?

PETRUCHIO Weil ich ein Jaguar bin.

KATHI Wer? Das Maserati nie.

PETRUCHIO Ein Mann fiat Toyotag und Nacht.

KATHI Citroën können Sie wem anderen. Ich bin nicht Saab.

PETRUCHIO Leider hab ich noch zu tun. Volvo können wir uns wieder sehen, schöne Frau?

KATHI Muss er a peu a peu zum ARBÖ? Den Auspuff richten lassen?

PETRUCHIO Schön wär's, heiraten muss ich.

KATHI Und? Wer ist die Glückliche? Eine Autotür -kin?

PETRUCHIO Katharina heißt der Ungustl.

KATHI Katharina? Ganswohl?

PETRUCHIO Genau.

KATHI Davon weiß ich ja noch nichts . . . Und, ist die Glückliche schon voller Hoffnung?

PETRUCHIO Aber woher denn, die weiß ja noch gar nichts.

KATHI Und? Sie ist sicher ein Schmetterling, nett anzusehen.

PETRUCHIO Nett? Ein unmögliches Mensch, sagt man. Eine schreckliche Beißzange, einer, der man nachts nicht allein begegnen möchte.

KATHI Sagt man. Und man sagt auch, sie ist hässlich wie eine Vogelscheuche. Sie ist ein zickenhaftes, männerverachtendes Wesen. Eine Xanthippe.

PETRUCHIO Hör auf. Ich hab schon Angst.

KATHI Und man sagt auch, sie sei streitsüchtig, launenhaft. Ihr zweiter Vorname ist Renitentia.

BIANCA Kathi! Wo bleibst du denn? Schnell. Der Geigenlehrer ist eingetroffen. Mario Margarini. Ein fescher Mensch.

KATHI Gleich!

BIANCA Ich fang schon einmal an.

KATHI Ja ja.

PETRUCHIO Kathi? Katharina?

KATHI Ganswohl.

PETRUCHIO Du bist das also. Du.

KATHI Wir duzen uns? Ich bin verduzt.

PETRUCHIO Du hast mich schön ausbremst. Egal, lass uns keine Zeit verlieren. Jetzt weißt du ja schon alles. Ich bin es, der ab nun dein Schicksal bestimmt.

KATHI Sie! Unverschämter Kerl! Lassen Sie mich los.

PETRUCHIO Ich bin es, dem du gehörst.

KATHI Sie! Das gehört sich aber net. Wozu sind Männer überhaupt gut? Mich wundert, dass sie aufrecht gehen können. Sie! Sie Mann!

PETRUCHIO Bleib da. Du entkommst mir doch nicht.

KATHI Behandeln Sie alle Frauen so miserabel?

PETRUCHIO Miserabel? Ich behandle sie einfach mies. Er und Abel schenk ich mir.

KATHI Was will er überhaupt von mir, bin ich nicht eine Beißzange? Hässlich wie die Nacht? Bin ich nicht unausstehlich?

PETRUCHIO Nein, du gefällst mir. Und ich gefalle dir auch. Ich bin wild auf dich und du bist schon ganz blind vor lauter Liebe.

KATHI Blödsinn. Lächerlich. Pha. Ich soll in Sie verliebt sein? Absurd. Wie Sie sehen, macht mich die Liebe keineswegs blind. Sie stolpert.

PETRUCHIO Hoppla.

KATHI Ich empfinde nicht so viel für Sie. Außerdem bin ich eine Frau mit Prinzipien.

PETRUCHIO Eine Prinzipalin?

KATHI Schweigen Sie! Wer sind Sie eigentlich?

PETRUCHIO Das möchtest du gern wissen?

KATHI Nein.

PETRUCHIO Petruchio von Tunichtgut-Radicchio. Geborener Salatzüchter in Simmering. Erbe ausgedehnter Ländereien.

KATHI Salat ist sehr mondän. In Wien stammt sogar der Bürgermeister von ihm ab.

PETRUCHIO Leider haben vor sieben Jahren die Schnecken biblisch zugeschlagen, im Jahr darauf war es zu heiß, dann fielen mir die Erntehelfer aus, im nächsten Jahr kam der Billigsalat aus der Bukowina, danach die Überschwemmung . . . jetzt hab ich den Salat, keinen mehr zu haben.

KATHI Was sind Sie also von Beruf? Krisenmanager?

PETRUCHIO Fast wär ich gelandet bei der Post. Aber seit die umgeschult werden auf Polizisten? Wenn was ist, wird ein gelber Zettel hinterlegt.

KATHI Und das ist Ihnen wohl zu anstrengend?

PETRUCHIO Was brauche ich arbeiten, wenn die Welt mich liebt. Und allen voran Sie. Ja, Sie!

KATHI Wann bin ich an der Reihe, ihnen ein paar Grobheiten zu sagen?

PETRUCHIO Nur zu. Aber bedenken Sie, ich kenne weder Charakter noch Grundsätze und seit ich Sie gesehen habe, hat die süße Hoffnung die grausame Ungewissheit verdrängt. Mein Leben hat jetzt plötzlich einen Sinn. Wie eine Kompassnadel bin ich, die immer nur in eine Richtung zeigt: auf Sie, mein Katzerl. Ich bin wie ein Vanillepudding vor dem Himbeersaft, wie ein Parksünder vorm Sheriff, wie ein Führerschein vorm Blasen.

KATHI Sie, Sie Abschleppdienst, Sie bringen mich völlig aus dem Konzept. Mein Leben ist aufgebaut auf Disziplin und Struktur. Und dann erscheinen Sie. Was soll ich tun?

PETRUCHIO Hör auf dich selbst.

KATHI *macht wilde Verrenkungen* Aber was sage ich mir? Hallo. Hallo. Ich versteh mich nicht.

PETRUCHIO Was machst du da?

KATHI Na, ich höre auf mich selbst.

PETRUCHIO Die ist gar nicht so dumm.

KATHI Es müsste eine Warnung geben. Da kommt einfach ein Mann hereinspaziert und . . . Schauen Sie mich nicht so an. Ich bin dermaßen durcheinander, dass ich nicht weiß, was ich glaube, dass ich glaub, was ich weiß. Jetzt küss mich endlich. Die Minuten vor dem ersten Kuss sind unerträglich. Ich halte es nicht mehr aus. Mein Herz klopft stark, da fühl, meine Hände zittern, meine Knie. Ich . . .

1. AKT, 8

Dieser Wolkenbruch der Gefühle wird von einem idyllischen Liebeseinschub (Musiklehrer Luc schleimt sich als Mario Margarini als Geiger bei Bianca erfolgreich ein) unterbrochen. In diese

Idylle wiederum bricht Mutter Battista ein, die Bianca die als Luc verkleidete Trania als Mitbewerber zu Hortensio und Gremio vorstellt. Hortensio ist stante pede in Trania verliebt, was ihm ein Identitätsproblem einträgt. Lösungen in weiter Ferne. Alles ist offen, nix ist fix! Nur Petruchio hat sich zur Heirat mit Katharina entschlossen. Ein Termin wird festgesetzt. Katharina ist überrumpelt. Wie find ich denn das?

Luc singt „He Paloma Bianca", nach „La Paloma Blanca

Wann de Sunn scheint auf de Plomben
Und da Neid is auf de Bam
Is a Trubel
Is a Jubel
Und Highlife bei uns daham

I kenn viel zwiedere Leit
I kenn schirche, oilde Grantscherm
I kenn lauer Rotz und Rohling
Für mein goldenes Herz ka Freid

Heast kum oba Bianca
I bin gar nichts ohne di
Heast kum oba Bianca
Über zwa Stockwerk, sei frei
Neamd nimmt di mir dann nu weg

Glaubst i hätt a kleines Gspusi
Wanns mi lockten ohne Genierer
Ja sie wollten hören ihr Musi
Oba i schwör, bin gscheit von friha
Bei mir brennt nichts mehr an.

Heast kum oba Bianca
I bin gar nichts ohne di
Heast kum oba Bianca

Über zwa Stockwerk, sei frei
Neamd nimmt di mir dann nu weg
Heast kum oba Bianca
I bin gar nichts ohne di
Heast kum oba Bianca
Über zwa Stockwerk, sei frei
Neamd nimmt di mir dann nu weg

BIANCA Glauben Sie auch, dass wir uns schon einmal begegnet sind?

LUC Bestimmt.

BIANCA Dann glauben Sie auch an *mit ei gesprochen* Reinkarnation?

LUC Ja. Aber das heißt Re-inkarnation. E-I. So wie EU.

BIANCA Ich mag nächtelang telefonieren.

LUC Ich auch.

BIANCA Ich mag gern shoppen gehen.

LUC Ich auch. Ich liebe Shoppen.

BIANCA Ich liebe E-Islaufen.

LUC Eislaufen.

BIANCA Aber Sie sagten doch selbst, Ei wird wie E-I gesprochen.

LUC Aber doch nur bei . . . egal. Sie sind wirklich ein sehr zartfühlender Mensch.

BIANCA Wenn Sie wüssten, wie oft mir das schadet.

LUC Die Luft, die ich atme, ist voller Wollust.

BIANCA Wollluft?

LUC Spüren Sie es auch?

BIANCA Sie müssen nicht denken, ich sei eine Anhängerin der Emanzipatiation, es macht mir nichts, als Sexualobjekt betrachtet zu werden, aber auch wenn ich die Biologie spüre, werde ich ke-Inen Ge-Igenlehrer he-Iraten können. Ich fühle mich, als ob ich zwe-I Köpfe hätte, der eine Kopf will küssen, butterwe-Iche Lippen spüren, umarmt werden, während der andere sagt, nur e-In Künstler, e-In verarmter Künstler, das e-Ine Herz krampft sich zusammen, während das andere wild schlägt, der e-Ine Verstand sagt, ich liebe ihn, der andere sagt, aber er ist nur e-In armer Schlucker, e-In Musiker. Aber was ist mit dir. Sag auch etwas. Was gefällt dir an mir? Warum begehrst du mich?

LUC Du. Alles an dir. Auch wenn du E-I zum Ei sagst.

BIANCA Was isst du gerne?

LUC Meine Lieblingsspe-Ise. Jetzt fang ich auch schon an. Be-Uschel, äh Beuschel, nein, Re-Isfle-Isch, nein, Blödsinn, Sushi.

BIANCA Schuhski? Skischuh, aber die kann man doch nicht essen.

HORTENSIO Petruchio! Wo ist denn der Petruchio, der sollte doch schon längst gekommen sein ... Petruchio! Was? Was wird denn da geturtelt? Bianca?

BIANCA Das geht Sie gar nichts an, me-In Herr.

HORTENSIO So, geht mich nichts an? Das geht ja lieb an. Aber das geht sich nicht aus mit diesem Angeber. Weil, wenn hier etwas angeht, geht es mich als ersten an. Sonst steh ich nicht an zu sagen, das geht mich an. Da macht man einmal kurz an Gang, schon geht was an ... Das muss man ausmachen. Sofort!

BIANCA Geht's noch?

BATTISTA Kinder, Kinder! Ich habe schon seit Jahren keinen unverheirateten Millionär mehr getroffen. Geld ist das beste Beruhigungsmittel der Welt. Bianca, ich hab hier einen Bewerber, einen Kandidat, einen ... Na kommens, tretens vor.

TRANIA Luc von Strudelhof.

BATTISTA Wurscht, ich darf ihn Liebling nennen. Er hat Geld, sein Vater hat Geld, aber er erbt, und, das Wichtigste, er denkt an seine Schwiegermutter. Er hat mir einen Pelzmantel versprochen, eine Uhr von Cartier, eine Handtasche von Armani, Urlaub in Amalfi.

Da können Sie sich amal viel ein Beispiel nehmen, Herr Hortensio.

HORTENSIO Nehm ich, nehm ich, nehm ich alles. Aber der ist ja hübsch. Der gefällt ja sogar mir. *Läuft Trania ständig hinterher* Den tät ich auch nehmen, wenn ich mir ein Beispiel nehmen tät.

BIANCA Der? Dieser Schmalpickte? Zur Hochze-It?

TRANIA Luc von Strudelhof.

BATTISTA Ja der. Jetzt lach mein Kind, heut ist der glücklichste Tag deines Lebens. Die Liebe basiert auf Geschäft und Gegengeschäft. Los los, Sie dürfen sie ruhig angreifen, sie beißt nicht. *Zu Luc* Und Sie gehen weg da, Fidelfritz. *Wieder zu Trania* Los los. Küssen. Und du schau mich nicht so an. Wie? Ich bin eine autoritäre Person? Ich? Hat man so was schon gehört? Ich bin das toleranteste und mitfühlendste Wesen auf Erden, erst recht wenn ein Millionenerbe meine Wege kreuzt. Ich verlange nur, dass alles nach meinem Willen geht. Das ist doch nicht zu viel verlangt. Verstehst du nicht? Das ist ein Lottogewinn aus Fleisch und Blut. Da muss man zugreifen. Jetzt greift, ihr Ungereiften.

TRANIA Sie müssen nicht denken, ich wäre prüde oder verklemmt. Ich. Ich bin ein Opfer der schiefen Optik.

HORTENSIO *für sich* Ich werd doch nicht plötzlich ein Spargelstecher sein, dass mir ein Mann gefällt. Hortensio, reiß dich zusammen. *Laut* Aber wie soll denn der die Bianca heiraten, so lange die Kathi nicht verheiratet ist?

BATTISTA Das stimmt allerdings. Die Urli-Klausel!

BIANCA Gott sei dank.

BATTISTA So ein Pech.

PETRUCHIO Zweifelt hier jemand daran, dass die Katharina einen Mann bekommt? Glaubt hier jemand, dass sie als alte Jungfer enden wird? Dann muss ich sagen, er hat nicht mit mir gerechnet: Ich! Ich werd die Katharina heiraten.

BATTISTA Sie? Wer sind denn Sie?

PETRUCHIO Ich wanke von einem Extrem ins andere, es fehlt mir an Nuancen, mal bin ich heißblütig, dann wieder kalt, ich kenn kein Laues und kein Graues, nichts Maues und nichts Saures, ich glaub an nichts, nur eines weiß ich bestimmt, die Kathi wird meine Frau.

BATTISTA Wunderbar.

HORTENSIO *nimmt ihn beiseite* Nein, Petruchio. Das darfst du nicht.

PETRUCHIO Wieso denn nicht? War es nicht deine Idee? Warst du es nicht, der mich hierher bestellt hat? Hast du mir diese Rutsche nicht gelegt?

HORTENSIO Ja, aber jetzt ist alles anders. Jetzt ist die Rutsche eine Kutsche, aber retour. Wenn du die heiratetest, heiratet der die. Und wenn der die und die der, dann bin ich da tütü.

PETRUCHIO Na und?

HORTENSIO Das darf er nicht. Nicht bevor ich mir im Klaren über meine Gefühle zu ihm bin.

PETRUCHIO Zu ihm?

HORTENSIO Er ist zwar nicht mein Typ, aber ich steh auf ihn.

PETRUCHIO So? Wie ist denn dein Typ? Brettbusig mit Bärtchen auf den Lippen zu dem der Kellner „Mein Herr" sagt.

HORTENSIO Du musst Rücksicht auf mich nehmen.

PETRUCHIO Nichts da, geheiratet wird.

HORTENSIO Aber das ist eine Furie. Zu mir hat sie gesagt standby.

PETRUCHIO Du bist ja auch ein Beistelltisch. Bei mir ist sie zahm wie ein Lämmchen. Wir heiraten.

KATHI Wie find ich denn das? Ja, wie find ich denn das? Ja, wie find ich denn das? Soll ich sagen, es is klass? Oder ist es ein Kas? Kann sein, s macht mir Spaß, kann sein, s is a Schaas. Ja, wie find ich denn das? Ja, wie find ich denn das?

Lied, nach „Denis“ von Blondie

Oh kenn i mi nu, wenn's macht juppi-jupidu
Kenn i mi nu, wenn's schreit in mir juhu
Kenn i mi nu, wenn's schreit ganz laut juhu
Kenn i, kenn i, mi jetzt nu aus, nanu
Kenn i, kenn i mi nimmer aus, s is gnu
Kenn i, kenn i mi nurmehr aus mit so am Du
a wenn i di moag, des Gfühl is fir mi neich
s is wir a Schloag, i fühl mi schon ganz bleich
Kenn i, kenn i mi nimmer aus mit mir. Du
Jahrmarktking, i bin dein Wesen, jederzeit fir di bereit. Du
Wennst bist bei mir ist wia
A Glöckelspül. Und bin i glücklich wia a
Kenn i, kenn i, an der mi heiratet
Kenn i, kenn i, an der mi anbratet
Kenn i, kenn i mi nurmehr aus mit einem Du
Kenn i, kenn i, hab i schon alles ghert
Kenn i, kenn i, bei am andern hätts mi gstört
Kenn i, kenn i, so was Verrucktes nur
Kenn i, kenn i mi nimmer aus, bin völlig zua
Verrückt nach dir
Kenn i, kenn i, i will di gspieren jetzt glei
Kenn i, kenn i, bin schon ganz high – von dir

Die letzten Sätze vor der Pause werden während dem Lied gesprochen

PETRUCHIO Nichts ist wahrer als die Liebe. Nichts ist blöder als die Liebe. Nichts ist ernster als die Liebe, nichts ist lächerlicher als die Liebe, nichts absurder, nichts ehrlicher, nichts nichtiger, nichts größer . . .

BATTISTA Also gut, die beiden werden hier und jetzt verlobt. Und wenn sie in zwei Wochen noch beisammen sind, gibt es eine Doppelhochzeit und das Urli-Erbe.

BIANCA Dann he-Irate ich auch.
LUC E-I! E-Inen Ge-Igenlehrer!
BIANCA Vielle-Icht.
BATTISTA Sicher nicht. Du heiratest diesen da, den Millionär.
HORTENSIO Das wird sowieso nichts, er ist ein Tunichtgut, hat seinen Eltern nur Kummer gemacht und sie ist viel zu anspruchsvoll. Das geht sich niemals aus. Niemals.

PAUSE

2. AKT, 1

Petruchio und Kathi (Lied: Sie: I hab glaubt mir san am Semmering Er: Na, mir san in Simmering, in Simmering macht's klingeling. Es ist sehr schlimm in Simmering) kommen in seine desolate Wohnung. Für die Liebe nehmen sie alles in Kauf. Sie beginnen miteinander zu spielen mit Mond und nicht Mond und allem Drum und Dran. Endlich hat der jeweils andere den lang ersehnten, spannenden, sich in Augenhöhe befindlichen Menschen gefunden. Material genug für eine abenteuerliche Entdeckungsreise in die Welt des anderen. Genug Material für eine große Liebe, für ein verständnisvolles Augenzwinkern, einen gemeinsamen Schalk, für Sex.

KATHI I hab glaubt, mir fahrn am Semmering?
PETRUCHIO Na na, mir san in Simmering, in Simmering macht's klingeling. In Simmering, da gibt's an Swing, ist alles Ding und wunderbar. In Simmering lebt man noch, red ma noch, schlaft man net, is ma wach.
KATHI Simmering? Ich glaub, ich spinn. Simmering ist wirklich schlimm. Ich kenn hier niemand, hab zu kan an Draht, nur den Verlobungsring. Und ich hab mich

schon so gefreut auf Panhans, Rax und Semmering, auf Reichenau, Festspielsommer, ich bin drin. Simmering, na weißt. Das ist schlimm.

BEIDE Ob Simmering, ob Semmering, s is alles Ding, wann i nur bei dir bin, ist jede Nietn a Gewinn, glänzt wie Gold a billigs Zinn. Für uns is letzte Loch in Simmering wies schönste Grandhotel am, wast as eh, am Semmering, weil wir san in, was gehen kunt, ging, was fallen kunt, hing, was läutert ring, was Yang sagt, Ying, Code hasst jetzt Pin, und König King, brav sein schlimm. Wir san verliebt in Simmering. Ob Simmering, ob Semmering, s is alles Ding, s is alles Ding, wann i nur bei dir bin.

PETRUCHIO So, da wärn ma.

KATHI Da schaut's aus.

PETRUCHIO Gefällt's dir?

KATHI Sehr gefällig. Fesch. Die Wohnung ist der Spiegel einer Seele. Hier bluten ja sogar die Möbel und am Boden wachst der Lurch. Du solltest aufräumen.

PETRUCHIO Ich? Du solltest aufräumen.

KATHI Wie meinst du das?

PETRUCHIO Das will ich von dir wissen. Du bist die Frau. Was ist das Verb von Frau? Aufräumen.

KATHI Deine Frau! Doch nicht deine Sklavin.

PETRUCHIO Wer redet denn von Sklavin, wenn ich dich um einen kleinen Gefallen bitte, musst du dich mir gleich widersetzen.

KATHI Warum streitest du mit mir?

PETRUCHIO Ich? Ich streite ja gar nicht.

KATHI Und warum schreist du dann so?

PETRUCHIO Ich schrei doch nicht! Du weichst mir aus.

KATHI Willst du, dass uns die Nachbarn hören?

PETRUCHIO Die Nachbarn sind mir wurscht. Lauter Simmeringer.

KATHI Jetzt sei nicht gleich so aggressiv.

PETRUCHIO Wer ist hier aggressiv? Ich bring dich zu mir nach Hause, ich öffne meine Tür, ich nehm dich auf, ich . . . und du?

KATHI Ich bin Abenteuer gewöhnt, ich bin nicht vom Wohlstand verweichlicht. Aber so eine desolate Bruchbude. Da schaut's aus. Na bumm.

PETRUCHIO Gefällt's dir also nicht? Du kannst ja im Garten schlafen.

KATHI Das werde ich auch.

PETRUCHIO Bitte.

KATHI Was gibt es Schlimmeres auf der Welt als einen Mann?

PETRUCHIO Eine Frau!

KATHI Mir schmeckt bestimmt das Essen nicht, wenn ich jetzt nicht meine Schuhe auszieh. Hilf mir mal.

PETRUCHIO Du kannst die Schuhe anlassen, zum Essen gibt es heute nichts.

KATHI Nichts zum Essen? Aber warum denn? Du hast doch telefonisch was bestellt. Da drüben steht's ja. *Sie will sich darüber hermachen* Ich hab schon so ein Loch im Bauch. Schau einmal. Schnitzel! Erdäpfelsalat. Hast ein Besteck? Nein, lass nur. Aber, was machst denn? Gib!

PETRUCHIO *wirft alles weg* Die Schnitzeln sind eine Beleidigung, so zäh, da beißt dir deine Zahnderl aus, der Salat ist zu grün, die Erdäpfel zu gelb, die Karotten zu orange.

KATHI Wurscht! Ich ess es trotzdem.

PETRUCHIO Nichts wirst du. Für dich ist mir das Beste nicht gut genug. Das Fleisch muss auf der Zung zergehen, wenn man es nur anschaut, das Gemüse muss eine sagenhafte Geschmacksexplosion sein, die Beilagen müssen sich langsam aufbauen zu einen exorbitanten Urknall. Ein kulinarischer Big Bang. Und nicht so ein ordinäres Essen.

KATHI Dann gib mir wenigstens an Wein.

PETRUCHIO *schenkt ihr ein* Bitte, mein Kätzchen, lass es dir munden. *Er kostet, spuckt aus und schüttet alles weg* Abscheulich. Unzumutbar.

KATHI Jetzt? Dann küss mich.

PETRUCHIO Rauchen wir etwas, brauchen wir nichts essen.

KATHI Ich rauche nicht.

PETRUCHIO Was machst du denn?

KATHI *Koffer packend* Die Suppe ist nicht da, und wenn, wär eine Fliege drinnen, das Schnitzel liegt am Boden, das Personal ist so unfreundlich, dass es nicht kommt und die Heizung funktioniert nicht, außerdem ist das Besteck, mit dem ich nichts zu essen gedachte, schmutzig. Ich reise wieder ab.

PETRUCHIO So, Madame reist also wieder ab.

KATHI Jawohl.

PETRUCHIO Und was wirst du deiner Mutter sagen? Dass du es nicht einmal eine Stunde mit deinem Verlobten ausgehalten hast? Dass du unfähig für jedwede Beziehung bist? Du wirst dich zum Gespött der Leute machen. Du wirst als alte Jungfer in einem Museum enden, Schulkinder werden mit dem Finger auf dich zeigen und sagen, schaut, die Kathi, die . . . Wasch dich lieber, statt dich anzumalen. Was weinst du denn? Hör auf damit. Hier hast du nichts zu weinen.

KATHI Ich hab gedacht, du liebst mich?

PETRUCHIO Aber ich liebe dich, deshalb habe ich dir auch aus einer Boutique die schönsten Kleider bringen lassen. *Er zeigt sie ihr* Das ist Mir wärs a tsche, die Orsch, Schanell, Stolze Bana, Oiswie do.

KATHI Wie schön. So etwas Feines, das habe ich doch gar nicht verdient. Waren die nicht wahnsinnig teuer.

PETRUCHIO Pst. Ich möchte nicht, dass du dir dein kleines Köpfchen wegen einer Lappalie wie Geld zerbrichst.

KATHI Ist das nicht schön? Himmlisch. Und das. Sieh nur. Ein Traum.

PETRUCHIO Schön? Was soll das sein? Ein Ofenrohr? Und das? Ein Betttuch von einem Beduinen. Und dieser grausliche Fetzen? Ich dulde nicht, dass meine Frau wie eine Vogelscheuche aussieht. *Er zerreißt alles* Grauenhaft.

KATHI Aber das ist jetzt modern. Das ist. Du bist gemein. Nein. Ich halte es nicht aus.

PETRUCHIO Was brauchst du diese albernen Fetzen? Bist so schon schön genug. Ist eine Schlange schöner als ein Wurm, weil sie ein buntes Kleid trägt. Oder der Schmetterling? Ist er schöner als die Schnecke? *Sie bejaht* Ist die Libelle schöner als der Frosch? *Sie bejaht* Nein, nur eitler. Aber du bist kein Dackel, du musst dich nicht so auftakeln.

KATHI Und du bist kein Pudel, dass du dich so aufpudelst. Du. Du Cocktail Spanier.

PETRUCHIO Komm. Lass uns zu Bett gehen. Es ist schon spät.

KATHI Es ist halb neun? Bist spitz?

PETRUCHIO Bei mir ist es schon Mitternacht.

KATHI Jetzt komm schon, küss mich.

PETRUCHIO Der Unterschied zwischen Mann und Frau ist, dass die einen denken, während sich die anderen hingeben, der Unterschied zwischen Mann und Frau ist, . . .

KATHI Beeil dich. Ein altes Sprichwort sagt, mit den Händen in den Hosentaschen kannst du keine Kuh melken.

PETRUCHIO Der Unterschied zwischen Mann und Frau ist, dass der eine auf eine Stimmung wartet, während die andere es nicht erwarten kann.

KATHI Gefalle ich dir nicht mehr? Findest du mich nicht zum Anbeißen?

PETRUCHIO Ich mag nichts anbeißen, was ich dann nicht zusammenessen kann – sonst bist du anbissen.

KATHI Das bin ich so auch schon. Anbissen. Sag gleich, du hast Migräne?

PETRUCHIO Ich bin nur müde. *Er legt sich ins Bett, schläft ein.*

KATHI Hast du nicht eben noch gesagt, du bist ein Kompass, der nur auf mich zeigt. Jetzt zeigt gar nichts. Hast du nicht gesagt, Kultur findet bei mir unter der Bettdecke statt und ist ein Aufstand der gemeinsamen Symbole. Hast du nicht gesagt, du bist ein Dompteur, der sich mit Todesverachtung dem Stier entgegenstellt? Wofür hab ich mich dann entblättert?

PETRUCHIO Fürn Blätterteig. Gute Nacht.

KATHI Hätte ich mir denken können. Männer mit diesem Schritt eines zeugungsfreudigen Beckens sind meistens ein lendenloses Gesindel.

PETRUCHIO *schnarcht*

KATHI Eine Unverschämtheit mit der dieser mir beinahe schon angetraute Mensch ruhig zu schlafen wagt, während ich mich verzehre. Na, da bist schön eingefahren, Katharina, zu essen kriegst nichts, net amal an Wein, die Kleider macht er hin, und im Bett rührt sich auch nichts. Und trotzdem gefällt er dir. Bist du blöd, Kathi. Morgen fährst zurück nach Hause, keine Widerrede.

Nacht, der Mond geht auf und unter

KATHI *putzt* Ich wünschte, ich wäre tot und schon begraben.

PETRUCHIO Du kannst mit Demut und Bescheidenheit bei mir in gluteus maximus gehen.

KATHI Du, Petruchio, ich hab geglaubt, du willst mich heiraten wegen dem Geld.

PETRUCHIO Ja, und?

KATHI Aber wenn ich nichts zu essen krieg, nichts zu trinken und auch im Erotischen nichts los ist, werde ich bestimmt nicht ja sagen.

PETRUCHIO Weißt, Kathi, am Anfang war's mir nur ums Geld. Aber jetzt ist's mir um dich.

KATHI Ahso? Da merk ich aber nichts.

PETRUCHIO Ja, weil ich dich abrichte.

KATHI Brich dir nur nichts ab dabei.

PETRUCHIO Was siehst du da, wenn du beim Fenster rausschaust? Das ist die Sonne.

KATHI Du hast recht, das ist die Sonne.

PETRUCHIO Was redest du. Stets widersprichst du mir, das ist der Mond.

KATHI Du hast doch selbst gerade gesagt, es ist die Sonne, gut, ist es halt nicht die Sonne, ist es der Mond. Was immer du auch willst.

PETRUCHIO Du Pleampel, wenn du mir weiter widersprichst, fahren wir nicht zu deiner Mutter. Es ist natürlich nicht der Mond und auch nicht die Sonne, sondern eine Schüssel Licht, ein Scheinwerfer.

KATHI Auch gut, es ist ein Scheinwerfer.

PETRUCHIO Blödsinn. Schau doch hin, genauer, es ist der Mond.

KATHI Von mir aus.

PETRUCHIO Nicht von dir aus, von mir aus, aber das ist falsch, Kathi. Bleib vor allem dir selber treu, so wie der Tag der Nacht folgt. Hör auf das, was deine innere Stimme sagt, nicht auf das, was andere von dir wollen, hör auf dein Gefühl, nur dann kann es funktionieren mit uns zwei.

KATHI Zähne putzen mit nur einem Bürstel. Das hätt ich früher nie gemacht. Das ist ein echter Liebesbeweis. Darauf kannst du stolz sein.

PETRUCHIO Womit du da gurgelst ist übrigens meine Kontaktlinsenflüssigkeit.

KATHI Buhä. Hab mir eh schon gedacht . . .

PETRUCHIO Die unbestimmte Angst aller Liebenden ist, dass das starke Gefühl einmal nachlässt, schwächer wird. Die unbestimmte Angst aller Liebenden ist, dass man einmal so wird wie alle anderen, gefangen in Erinnerung, schlechten Gewohnheiten, Kompromissen, nicht mehr verliebt ist.

KATHI Gefalle ich dir nicht?

PETRUCHIO Lass es mich gewöhnlich ausdrücken: geile Sau.

KATHI Warum hast du mich dann nicht angerührt?

PETRUCHIO Wie ich dich zum erstem Mal gesehen, habe ich gedacht, mit der will ich es treiben.

KATHI Und warum hast du es bis heute nicht getan?

PETRUCHIO Weil ich geglaubt habe, ich bin ein Held.

KATHI Dabei bist du ein Trottel.

Sie erkennen sich

KATHI Danke, dass ich geboren, danke, dass der Schnidelwutz dir steht, danke, dass du ihn mir rein steckst, danke dafür, dass es geht, danke . . .

PETRUCHIO Glücklich?

KATHI Aufgeregt. Heißt das glücklich sein?

PETRUCHIO Vieles geschieht einfach. Man kann nicht einmal erklären warum.

2. AKT, 2

Reise zurück, währenddessen Umbau auf das erste Bild

Lied, die Urschnulze „New York, New York"

Stark samma wie Pferd, wir haben a an Schmäh
I bin a Teil von dir, du ghörst zu mir,
Na wort, na wort
Wie zwa oilde Schuh brauchen wir unser Näh
Renn mir jetzt net furt,
Na Wort, na Wort
Ich hab doch kan Pecker, schütt di net an, bleib
Mir Freund oder Feind, i bin dei Off voller Gfühl,
dei Depp mitm Hieb
I mach ganz an neichen Start mit dir – mit nur am Wort
Hülf, machs ma net so schwer, i brauch es doch so sehr
Es liegt an dir, a Wort, nur a Wort
A Wort, nur a Wort

Ich hab doch kan Pecker, schütt di net an, bleib
Mir Freund oder Feind, i bin dei Off voller Gfühl,
Dei Depp mitm Hieb
Dei number one

Dieser Tittentraum Schmus, tut uns net weh
I mach ganz an neichen Start mit dir – mit nur am Wort
Hülf, mach's ma net so schwer, i brauch es doch so sehr
Es liegt an dir, a Wort, a Wort, a Wort

2. AKT, 3

Hortensio hat ein wirkliches Problem mit seiner Zuneigung zu Trania als Luc. Gremio ist erbost, weil er von Hortensio erfährt, dass Mama Battista bereits einen anderen Ehemann für Bianca, nämlich Trania, gefunden hat und fordert jenen zum Duell, das weder Battista, noch Hortensio wollen. Der Kampf wird vorbereitet. Während des Duells erkennt Gremio Trania. Das Duell findet trotzdem statt. Bianca verhindert einen fatalen Schuss, indem sie ihre Liebe zum Geigenlehrer gesteht. Trania und Hortensio sind erleichtert. Gremio besteht jedoch auf das Duell. Dabei erkennen sie einander als Vater und Sohn. Gremio will eigentlich nur schießen . . . Luc nicht. Er klärt alles auf und alle finden zueinander. Fest. Die Männer betrinken sich.

TRANIA Da steh ich also und schaufle mir mein eigenes Grab. Jetzt sind wir nur noch zu zweit, ich mit mir allein. Und beide lieben Luc. Luc. Luc. Wir lieben ihn so sehr, dass wir alles für ihn tun, sogar das, dass er mit Bianca glücklich wird. So deppert muss man einmal sein.

HORTENSIO *mit Lockenwicklern im Haar, ihr hinterher, zu sich selbst* Luc. Ach Luc. Lüg mich nicht an. Dir geht es doch wie mir. Wenn man verliebt ist, braucht man kein Wort, ein Seufzer, ein Blick und alles ist gesagt.

TRANIA Das stimmt.

HORTENSIO Die Zuneigung ist unerklärlich. So wie Spargel nach oben strebt, so auch wir.

TRANIA Ja.

HORTENSIO Schon seit Tagen geht er mir nicht mehr aus dem Kopf. Er ist mein ganzer Lebensinhalt. Dauernd schreit es Luc! Luc! Luc! Und er?

TRANIA Heiratet Bianca.

HORTENSIO Dabei liebt er sie nicht.

TRANIA Nicht? Das ist mir neu? Was der für die schon alles aufgeführt hat.

HORTENSIO Ich hab gesehen, wie seine Augen durch den Raum gewandert sind, obwohl sie neben ihm stand. Ich hab gesehen . . .

TRANIA Ach so, das bin ja ich, der Luc. Vergess ich immer. *Laut* Ich bin der Luc.

HORTENSIO Hortensio.

TRANIA Was geht Sie eigentlich der Luc an? Also ich?

HORTENSIO Weil ich ein wahres Unglück sehe. Das wird nichts mit den beiden. Luc. Ach Luc. Sie. Du darfst nicht Bianca nehmen, wo doch . . .

TRANIA Wo was?

HORTENSIO Der, wie soll ich sagen, Spargel so viel näher wächst . . .

TRANIA *für sich* Der hat an Stand auf mi - auf mi als Mann.

BIANCA Mutter! Schnell! Zwei Herren sehen vor der Tür.

BATTISTA Wer denn? Wo denn? Was denn?

BIANCA Gremio und Hortensio.

BATTISTA Was wollen die? Wir kaufen nichts.

BIANCA Ich glaub, sie kommen wegen der Hochzeit.

Beide treten ein

BATTISTA Dieser Gremio ist ein fescher Mensch, ein bisserl überwuzelt, aber männlich. Und was der herstellt?

Sekt. Wenn ich genug davon konsumier, gefällt er mir sogar. Für ein schwaches Wesen wie mich müsste jemand da sein, der eine starke Schulter hat. Auch wenn er nicht viel redet. Eh besser. Ein Mann muss schweigen können.

BIANCA Aber Mama, sie sind wegen mir da.

BATTISTA Wegen dir? Du bist dem Luc versprochen. Wo ist er denn? Luc! Luc! Locherl!

TRANIA Da bin ich ja.

BATTISTA Luc, Liebling, geh her, führe deine Schwiegermutter doch etwas herum.

GREMIO Ich habe gehört, heute ist der Tag der Rückkehr Katharinas. Wenn sie es mit diesem Petruchio ausgehalten hat, wird heute auch Bianca frei zur Vermählung.

HORTENSIO Das ist unwahrscheinlich.

GREMIO Unwahrscheinlich ist, dass er bei ihr Chancen hat. Mich wundert ohnehin, wie er sich noch immer frei bewegen kann? Sucht man ihn nicht in Steinhof? Ist nicht sein Hirn ein Waschbecken? Ist er nicht verrückt?

HORTENSIO Bisserl deppert bin ich schon, vor allem wegen dem . . .

GREMIO Darum wird er bei Bianca nicht zum Stich kommen.

HORTENSIO Er aber auch nicht, die Bianca ist nämlich schon angebumst, äh, vergeben.

GREMIO Vergeben? An wen?

HORTENSIO An einen jungen, hübschen und intelligenten Mann.

GREMIO Das kann dann nicht mein Sohn sein. Jung und hübsch und intelligent? Das ist sicher nicht der Luc. Also noch ein Buhle. Aber jetzt reicht's. Den fordere ich zum Duell.

HORTENSIO Das ist nicht ihr Ernst?

GREMIO Und ob! Glauben Sie, ich kann es mir leisten, immer von Döbling in die Stadt zu fahren und dann ist nichts. Da wird mir ja der Sekt schlecht – und ich muss ihn als Energy-Drink verkaufen. Also! Duell! Wo ist er, dieser Lump? Heraus mit ihm. Ist sie verliebt in ihn? Ist sie verrückt nach ihm? Das sind alles keine Argumente. Duell!

BATTISTA Sie! Was schreien Sie denn hier herum wie ein angstochens Fassl?

GREMIO Abend. Ich habe gehört, ich habe gehört, . . .

BATTISTA Wenn Sie so schreien, können Sie nichts gehört haben.

GREMIO Ich habe gehört, Sie sind dabei, die Bianca zu vermählen.

BATTISTA *Trania versteckt sich im Rücken Battistas* Jawohl, an einen Erben.

GREMIO Das ist ungeheuerlich. Ich war zuerst da. Den erschieße ich. Peng. Puff. Aus. Wo ist er, dieser Knilch. Heraus mit ihm. Ich fordere ihn. Wie heißt er eigentlich, der Kretin?

BATTISTA Luc von Sprudelhof?

GREMIO Luc von Sprudelhof? Was für ein lächerlicher Name. Luc von . . .? Das ist mein Sohn. Luc! Der für den ich hier geworben habe. Den erschieße ich natürlich nicht.

BATTISTA Wie? Sie haben nicht für sich?

GREMIO Aber woher denn, ich halte nur den Platz frei. Väterliche Pflicht. Ich werd doch nicht in meinem Alter, bin ja nicht der Lugner.

BATTISTA Das ist ja wunderbar, dann werden wir verwandt. Weil Sie sind der, von dem ihr Sohn einmal so viel erbt. Hocherfreut.

GREMIO Ganz meinerseits.

BATTISTA Luc, Überraschung, dein Erzeuger, Luc, komm, umarme deinen Vater. *Sie zerrt ihn hervor.*

TRANIA Mein was?

GREMIO Aber! Das ist doch.

BATTISTA Ihr Sohn.

GREMIO So kenn ich ihn gar nicht.

BATTISTA Nicht?

GREMIO Das ist er auch nicht. Das ist Trania!

TRANIA Der Vater meines Liebsten. Ich. Jetzt fliegt alles auf. Wer sind Sie? Ich habe Sie noch nie gesehen, mein Herr. Ich kenn Sie nicht. Sie? Sie wollen mein Vater sein? Sie Betrüger.

GREMIO Du, was fällt dir ein, die Enkelin der Tochter meines angeheirateten Großcousins Tante Stiefbruder seinem Vater Schwiegersohn, die Tochter des Weinlieferanten meiner Sektkellerei in meines Sohnes Kleidern. Wie geht das zu? Rede Vermaledeite! Du hast ihn umgebracht? Meinen Luc! Der dumm genug war, sich umzubringen lassen. Gib es zu. Du falsche Schlange. Das war Mord! Mord! Ein Mörder! Hilfe!

TRANIA Hilfe! Ein Betrüger! Das muss eine Verwechslung sein. Ich weiß von nichts.

GREMIO Schweig. Ich weiß, dass du es weißt und du weißt, dass ich es weiß. Alle wissen es. Das stimmt zum Himmel. Was bist du schon? Das Ergebnis einer Party, mehrerer Flaschen Alkohol und eines geplatzten Kondoms. Alles, aber sicher nicht mein Sohn. Ich werde dich erschießen gradheraus.

TRANIA Ich habe wenig Übung im Duellieren. Könnten wir nicht Halma?

GREMIO Keine Ausreden. Satisfaktion.

BATTISTA Wie männlich. Satisfaktion. Das kenn ich nur von den Rolling Stones.

TRANIA Gut, so lasse ich mich halt erschießen. Eh schon wurscht.

HORTENSIO Nein! Das kann nicht sein. Das darf nicht.

GREMIO Weg da.

BIANCA Was hör ich da? Geschossen habens? Ne-In, geschossen wird? Haltet ein. Stoppt den Unsinn. Ihr

habt doch alle keine Chance be-I mir. Ich lieben einen andern. Ich habe Ausschlag, mein Gefühl hat sich zu Gunsten, es hat gegeben einen Ausschlag.

GREMIO Einen anderen? Und dafür ist mein Sohn gestorben? Das schlägt dem Fass den Boden aus. Her mit ihm. Erschieß ich eben den. Wo ist der Kerl. Wer ist es überhaupt.

BIANCA Der Ge-Igenlehrer.

ALLE Der Ge-Igenlehrer?

BIANCA Mario Margerini. Ich liebe ihn. Ich werde ihn immer lieben. So lange ich lebe und darüber hinaus.

TRANIA Und was ist mit den Neuropeptiden, Transmittern und all den anderen Hormonen, die nur im Zustand der ersten Verliebtheit ausgeschüttet werden? Nach zwei Jahren ist die Verliebtheit futsch.

GREMIO Ich werde ihn erschießen, diesen Brotaufstrich, dann dauert's nicht so lang.

BIANCA Nein. Das dürft ihr nicht.

GREMIO Ich bin ein trauernder Vater, ich darf alles. Margarini! Mario! Heraus mit dir, du Fidelfritz!

LUC *stellt sich mit Pistole* Ihr wollt mich also erschießen? Ihr wollt euch duellieren?

GREMIO *ihm mit dem Rücken zugewandt* Für die Ehre.

LUC Habe die Ehre.

GREMIO Ihr habt euch hier eingeschlichen und entehrt. Hinter meinem Rücken. Ich verlange Genugtuung.

BIANCA Aber das könnt ihr doch nicht tun. Bitte haltet e-In.

LUC Ruhe! Zehn Schritte und zwei Schüsse.

GREMIO Zwei Schritte und zehn Schüsse,

LUC Fünfzehn Schritte und ein Schuss.

GREMIO Auf Kommando.

Sie treten auseinander, heben ihre Pistolen, zielen, erkennen sich

GREMIO Na warte, Mario Margerini. Luc? Du lebst? Mein lieber Sohn. So schlecht ergeht es dir, dass du unter fremdem Namen Geigenstunden gibst. Dabei warst du niemals musikalisch.

LUC Vater? Du? Verzeih die Maskerade, aber hier ging es um mein Glück, um meine Liebe.

GREMIO Mein Sohn! Er lebt. Da verzeihe ich alles. Ich bin ja so glücklich . . . Ich hab dich schon für tot geglaubt.

Sie halten immer noch ihre Waffen aufeinander, da löst sich ein Schuss, Luc bricht zusammen

GREMIO Nein. Mein Sohn. Der Schuss hat sich von selbst gelöst. Ich. Warum bei allem, was ich will, stets das Gegenteil passiert. Ich kann doch nichts dafür. Ich Idiot.

Trania, Bianca und Hortensio stürzen zum scheinbar toten Luc

BIANCA Mario! Mario, du darfst nicht sterben.

TRANIA Er heißt Luc.

BIANCA Luc bist du.

TRANIA Ich bin Trania, Luc ist tot.

HORTENSIO Trania? Dann bin ich gar nicht schwul? Und ich habe schon mit einem Outing spekuliert. Ja, ihr lacht - unter euren Tränen, aber ich habe mich schon schlau gemacht, wo es Regenbogenparaden und Schwulensaunas gibt.

TRANIA Ich habe ihn geliebt.

BIANCA Ich habe ihn geliebt.

HORTENSIO Und ich habe euch geliebt.

GREMIO *will sich selbst erschießen* Ich Hornochse, ich Rindvieh, ich Hirnschüssler, ich Schüsslersalz. Erschießt den eigenen Sohn. Wie kann man nur. Der Schuss hat sich gelöst. Bitte. Ich hab doch alles nur für ihn getan. Bitte. Wie kann da jemand behaupten, ich habe ihn gequält?

BATTISTA Sie sind so tapfer, Herr Gremio. So männlich.

GREMIO Ich verachte mich.

BATTISTA Mir gefallen Sie. Wollen Sie mir nicht Gesellschaft leisten? Ich schnarche nicht, habe auch kein Asthma, bei mir ist alles Leidenschaft.

GREMIO Das wär zu schön. Aber zu spät. Ich erschieße mich. Mein Sohn ist tot und ich bin Schuld, ich allein.
BIANCA Aber Luc lebt. Er lebt
GREMIO Wie? Er lebt? Der Depp ist gar nicht tot? Zu blöd zum Sterben.
LUC Nur ein Streifschuss Gott sei Dank.
GREMIO Mein Sohn, lass dich umarmen.
LUC Papa.
GREMIO Luc.
LUC Papa.
GREMIO Luc.
LUC Papa.
GREMIO Luc.
LUC Papa.
GREMIO Luc.
LUC Jetzt können wir Triplehochzeit feiern, wenn es nur zwischen Katharina und Petruchio gut gegangen ist.
ALLE Das glaub ich nicht. Unwahrscheinlich. Da kommen Sie. Und streiten. Jetzt ist alles aus.

2. AKT, 4

Ankunft Kathi, Petruchio. Ihre Liebe blamiert die der anderen
PETRUCHIO Geh mir aus der Sonne.
KATHI Wachs in Fliegenpilz.
PETRUCHIO Widersprich nicht dauernd, du hirnlose Masse.
KATHI Hupf in Gatsch, du Zniacht.
PETRUCHIO Wie du schon wieder ausschaust.
ALLE Sie streiten, sie können sich nicht ausstehen.
PETRUCHIO, KATHI *umarmen sich, lachen* Wir lieben uns. Wir heiraten. Wir kriegen . . .
BATTISTA . . . Kinder? Macht's keine Witz.
KATHI So wahr ich einen Grund zu leben habe.
PETRUCHIO Und wenn's das Letzte wäre, was mir bliebe.

ALLE Sie lieben sich. Das ist nicht wahr?

BEIDE Ich steh auf ihr/ihn.

ALLE Dann lasst uns feiern. Das gibt eine Massenhochzeit. Wein her. Wein.

Die Männer besaufen sich, Frauen schimpfen auf sie, nur Kathi lobt Petruchio

ALLE Trinkt, trinkt!

BATTISTA Aber das macht ja betrunken?

GREMIO Ich bin ein Wirkungstrinker, aber ein heimlicher.

BATTISTA Mir sind Sie unheimlich unheimlich.

BIANCA Jetzt, wo alles gut ausgegangen ist, habe ich e-Inmal e-Ine Frage, was ist e-Igentlich die Eu?

LUC EU, das heißt EU, nicht Eu.

GREMIO Ganz einfach, in einer Monarchie wird man bedient und in der EU bedienen sich die Leute selber.

TRANIA Und? Wie gefällt dir nun mein Luc.

BIANCA *ihn liebkosend* Er ist hübsch, doch er hat schlechte Zähne, lückrig. Was be-I anderen Mundhygiene he-Ißt, ist be-I ihm eine Hauptkehrung.

TRANIA Mir hätt das nichts gemacht.

BIANCA Er macht Geräusche nach dem Essen.

TRANIA Mir hätt das nichts gemacht.

LUC Wie sie ihre Nase hochzieht, wie sie ihre Lippen leckt. Deppert. Wie sie schaut, wie sie geht. Und wie sie sich erst schnäuzt. Mir ekelt vor ihrem Schnäuztuch, ihren Ohrenstäbchen, dem warmen Klodeckel, wenn sie darauf gesessen ist. Aber sie ist fesch. Ich wollt sie haben und ich hab sie gekriegt.

TRANIA Mich hättest auch haben können.

LUC Das wär keine Kunst gewesen.

BIANCA Es gibt nichts Ärgeres im Leben e-Iner Frau, als wenn man fesch ist. Man ist ständig Fantasie. Man wird zum Objekt und materialisiert sich selbst.

TRANIA Ich hätte ihn geliebt, so wie er ist.

HORTENSIO Es soll niemand überbleiben, auch wir zwei nicht.

TRANIA Aber eins sag ich dir gleich, wenn du dir eine ideale Frau züchten willst, bist du bei mir falsch.

HORTENSIO Aber ich bin doch nicht der Priklopil.

TRANIA Du kommst aus seiner Gegend.

HORTENSIO Aus Orth an der Donau. Da gibt's Spargel. Oder wär's dir lieber aus Steinhof?

BATTISTA Früher ging mir der Wein in den Kopf und machte mich lustig. Jetzt geht er mir in die Beine und macht mich alt.

GREMIO Ich bin schon ganz heimlich postpräilluminiert. Prost.

BATTISTA Sie werden mir immer unheimlicher. Aber Sie haben so viel Geld, da haben Sie es gar nicht notwendig, sympathisch zu sein.

GREMIO Das haben Sie lieb gesagt.

BIANCA Und jedes Mal lässt er Brösel im Bett, sofern sie nicht in se-Inem Bart hängen, und am meisten stört mich, dass er noch nie etwas von einem Klobürstel gehört hat . . . überall lässt er seine Socken liegen.

LUC Und sie telefoniert stundenlang mit ihren Freundinnen.

BIANCA Und er ist e-In Hypochonder. Wenn ihn wo was drückt, stirbt er gle-Ich.

LUC Und überall Räucherkerzen und indirekte Beleuchtung – Romantik nennt sie das.

BATTISTA Seit 2.000 Jahren kriegen wir ihre Kinder, waschen ihre Wäsche, kochen ihr Essen. Und wofür? Für Handys und Hosen. Dabei hasse ich Hosen.

BIANCA Man he-Iratet halt, we-Il es so üblich ist.

TRANIA Dabei hat man sich immer nach wem anderen gesehnt. Dabei hat man immer auf den Märchenprinz gehofft – und nicht auf einen Kompromiss.

BATTISTA Man denkt halt an später, man will nicht allein sein.

ALLE DREI Mit Romantik hat das nichts zu tun.

BIANCA Und er lässt sich den ganzen Tag bedienen.

TRANIA Meiner glaubt, mir reicht sein Spargel, sein, wie er sagt, Zauberstab.

BATTISTA Meiner redet nicht. Wenn man mit ihm diskutieren will, sagt er, lass mich in Ruh.

ALLE DREI Mit Romantik hat das nichts zu tun. Und Liebe? Liebe gibt es höchstens im Theater.

KATHI Ja, wenn das verliebt sein heißt, nicht ohne den, den man liebt, leben zu können, man seine Zeit dafür opfert, sein Leben, sein Vergnügen, ja, wenn selbst die Liebe keinen Grund hat, die Luft aus allen Köpfen lässt, dann bin ich wirklich und wahrhaftig und ehrlich und wahnsinnig verliebt. Und ihr? Dümpelt ruhig weiter in euren Gewissheiten. Macht euch lustig über alles, was ihr nicht versteht, verhöhnt weiter die, die was probieren und scheitern. Das einzige, was bleibt, das einzige, was zählt, ist doch die Liebe. Meine Religion ist Liebe. Und mein Gott ist Liebe - alles, was ich tue, denke, bin. Mir ist die Liebe angewachsen wie ein zweites Herz. Ich krieg es nicht mehr weg. Niemand anderer kommt da hinein. Nur Liebe.

2. AKT, 5, Abspann

Man legt Petruchio wieder in seine Ausgangslage vom Anfang des Stücks

PERUCHIO Uahhhh! Wo bin ich denn? Eingeschlafen? Aber war das schön. Und so realistisch.

KATHI *mit Nudelwalker* Petruchio. Rauschkind! *Petruchio zuckt zusammen* Hab ich dich, Falott, Strawanzer. Viere is, angsoffen bist. Wo warst? Nichts Kathi, ich werd dir deine Kathi geben. Wo treibst dich rum. Versaufst schon wieder alles? Viere is, angsoffen bist.

Wo warst? Was ist denn das? Shakespeare? *Sie findet ein Reclamheft und zitiert daraus, während sie Petruchio mit dem Nudelwalker von der Bühne prügelt* Ein zornig Weib ist gleich getrübter Quelle, unrein und sumpfig, widrig, ohne Schönheit; und ist sie so, wird keiner, keiner, noch so durstig, sie würdigen, einen Tropfen daraus konsumieren. Drum höre, Weib: Er ist dein Herr, ist dein Erhalter, dein Licht, dein Haupt, dein Fürst. Er sorgt für dich und deinen Unterhalt, gibt seinen Leib mühseliger Arbeit preis zu Land und Meer, wacht Nächte durch in Sturm, und Tag in Kälten, während du im Hause warm und sicher dich anstrengst beim Erröten, und fordert zum Ersatz nicht anderen Lohn als Liebe und Gehorsam. Na wart. Dir werd ich geben. Zum letzten Mal: Viere is, angsoffen bist. Wo warst?

PETRUCHIO So ist das mit den Frauen. Gehngans z'Haus und sagens, es war nichts.

Romeo und Julia in Purkersdorf

ROMEO DE LAVOIR, ein hübscher Jüngling.
ANTOINETTE DE LAVOIR, geborene Tröpferlbad, seine Mutter, eine kalte, machtbesessene Geschäftsfrau, Produzentin von Badewannenstöpseln an Ketten, ein alteingesessenes Unternehmen, Mantel aus Frettchenfell, Reiterstiefel, Gerte, eine Rassistin.
MARESA MILLI PITSCH MILICHMAYER, seine Amme, Freundin der Mutter, esoterisch angehauchte Tuttelfee, Laienhexe.
CLAUDIA CANALE, Prokuristin der Firma, gleichzeitig Romeos Cousine, spitzfindig, dünnhäutig, aggressiv, immer auf Streit aus, nichts passt ihr, unbefriedigt, notgeil, gierig, neidig.
JULIA BASSENA, feiert ihren 17. Geburtstag.
ANTONIO BASSENA, ihr Vater, genannt „Spritzi“, überfürsorglich, gutherzig, sozial, gebildet, Hersteller von integrierten Badewannenstöpseln, Aufsteiger, wahnsinnig stolz auf seine Tochter, leicht vertrottelt, hat Angst, Julia zu verlieren, versteht nicht, warum sie so begehrt ist. Wegen einer nicht behandelten Diabetes schläft er häufig unvermittelt ein.
PATER BULIMIO BEICHTL, Bruder von der vermeintlich toten Frau des Vaters, also Onkel Julias, ein sehr gebildeter, scheinheiliger und ewig notgeiler Kerzerlschlucker, der eigentliche Teufel, sieht in Julia die ewige Versuchung, tät sie auch als Hexe verbrennen, ausgeprägte Genusssucht.
SERAFIN SEIFENTAZL, Cousin Julias, eigentlich ein unehelicher Sohn des Paters, ein wilder Hund, Offizier in Phantasieuniform, glühender Militarist, gleichzeitig sehr schüchtern, stottert bei Aufregung, sehr eitel.
DER LIEBE GOTT als Kind, alter Mann oder Stimme aus dem Off

Ort: Zuerst bei den Lavoirs, dann bei den Bassenas
Kostüme: Die Lavoirs sind alle eierschalenweiß gekleidet, die Bassenas sepiabraun, nur Romeos und Julias Unterwäsche ist blutrot.

Die Lavoirs frieren ständig, während den Bassenas immer heiß ist. Die Lavoirs leben auf der Tuchlauben, die Bassenas in Margareten.

1. AKT, 1, Prolog

CHOR Die Geschichte, die wir Ihnen heute bringen,
Erzählt von einem vergleichsweise noch recht jungen Paar.
Sie heißt Bassena und er ist ein de Lavoir.
Oder er Romeo, sie Julia.
Zwei, sie wären ein recht schönes Couple,
Sie kein Trutscherl, er kein Schackel,
Keine Funsen und kein Lackel,
Er kein Mohnzuzler und sie keine Dackel-
Beine.
Zwei, die, hauen sie sich gemeinsam auf ein Packel,
Gut zusammenpassen,
Mit ihren Empfindungen nicht empfindlich unempfindlich sind,
Urassen,
Nur ihrer Verwandtschaft mag das nicht recht passen,
Die einen sind dagegen aus Prinzip,
Die anderen intrigieren aus Freude an der Sache gegen diese Lieb.
Von der Leute Dummheit soll es also heute Abend gehen,
Von Borniertheit, Geiz, Gefühlskälte und enger Stirn,
Wird uns erzählt,
Was manche freut und andere quält.
Die Welt hat selbiges schon hie und da gesehen,
Sogar bei uns in Wien.
Wegen so viel Blödheit muss ein Tod aus Liebe hier geschehen,
Kann sein, dass die zwei ins Wasser gehen,
Sich erhängen oder von der Eisenbahn,

Einen neuen Zustand sich erflehen.
Oder schlucken sie ein Pulver,
Erschießen sich mit am Revulver.
Kann auch sein, dass eine andere Lösung sie erhoffen,
Noch ist nichts passiert, der Ausgang offen.
Drum schauen wir, was jetzt alles kommt.
Es beginnt mit Romeo, der 20 Jahre schon
Immer noch bei seiner Mutter wohnt.

1, AKT, 2

Romeo ist unglücklich verliebt

Lied, nach „Azzurro"

Schmerzen, i spür, du fehlst mir
Wie am Pofesen sei Marmelad.
Jeder Gedanke is wie a Watschen,
Wann i so solo bin in der Stadt.
Jeden Bledsinn machen täti.
A Heirat planen. - Is gar net wahr.

A Schnur nur
Und i probiers,
A Schnur nur, a lange fir mi.
A Kordel,
Die net reißt, wann i dran häng,
Des tut ma net weh.
Und alle sagn,
Wasi, wasi e, oba i brenn o.
A wengerl tuat's scho weh.
Alle Tränen de destillieren si,
Wei i dann hin und tot ja wa.
Sempern über mein Schicksal,
Meine Tanten alle, taten des a.
Welcher Dolm is heit nu solo,
Ohne Begleitung, a Passagier?

Oba mei Zeit ist längst gekommen,
Ich brenne wi a Zigarr.

A Schnur nur
Und i probier's,
A Schnur nur, a lange fir mi.
A Kordel,
Die net reißt, wann i dran häng,
Des tut ma net weh.
Und alle sagn,
Wasi, wasi e, oba i brenn o.
A wengerl tuat's scho weh.
Alle Tränen de destillieren si,
Wei i dann hin und tot ja wa.

Schmerzen wie a Afrikaner in Grönland,
Weil i nu immer kane hab, oba
I siehg's scho kumma,
Meiner Quietschente gang etwas o. So
Steh i do wi a Rosen,
Die kane Blattln, nur Stängeln hat.

A Hur nur
Und i probier's,
A Hur nur, a geile fir mi.
A Bordell,
Wo kana kreischt, wann i drin häng,
Des tut niemand weh.
Und alle sagn,
Du Hasi, Hasi, oba i brenn o.
A wengerl tuat's scho weh.
Alle Tränen de destillieren si,
Wei i dann groß und a Mann ja wa.

MUTTER Romeo. Was treibst du da? Was ist nur los mit dir? Bist krank? Du hast heut nichts gegessen. Nichts angerührt von der vergoldeten Gans, am 80 Jahre alten Cognac nicht genippt. Romeo, schau mich an. Was liegt dir auf dem Herzen? Deiner Mutter wirst du dich anvertrauen, sprich. Schneller. Dass man dir jedes Wort aus der Nase ziehen muss.

ROMEO Schwören Sie, dass Sie es niemandem sagen, Mutter.

MUTTER Ich schwöre es unter dem Siegel der größten Verschwiegenheit. Zufrieden?

ROMEO Schwören Sie, es ewig für sich zu behalten, bis der Zeit die Luft ausgeht.

MUTTER Bei meinem Ehrenwort als Ehrenfrau. So wahr ich eine de Lavoir bin. Und jetzt heraus damit.

ROMEO Kann ich mich darauf verlassen?

MUTTER Natürlich. Meinen Mädchennamen geb ich drauf. Beim Tröpferlbad, dem Namen meines Vaters. Und jetzt red.

ROMEO Es ist ein Geheimnis.

MUTTER Ich schließe es in mir ein und versiegle mich bis ans Ende aller Zeiten. Von mir erfährt es niemand.

ROMEO Na gut, dann spitzt die Ohren, Frau Mama. Es gibt da eine, sie geistert mir herum, besetzt, was nicht zum Sitzen da, verstellt mir jede Aussicht, belegt nicht nur meine Zung. Kurz, mir ist wie einem Hungrigen, ich verzehre mich. Ich hab sie so gern wie a Hunderl sein Herrn, wie a Badener sei Wean, wie a von Leibschmerzen Bedrängter den Scherm, wie a Physiker Cern. Ich hab sie so lieb wie a Polizist sein Dieb, wie a Flagellant jeden Hieb, wie a Schotter das Sieb. In ihrer getragenen Wäsche möchte ich wühlen, ihr Badewannenwasser trinken, an ihren Socken riechen, ihr Zahnbürstel küssen, das Schwarze unter ihren Nägeln will ich sein, das Papier, mit dem sie sich den Dings auswischt, ihr Teesackerl, ihr Schneiztüchl, ihr . . .

MUTTER Bist du pervers? Nein *schreit, dass Amme und Cousine kommen* Verliebt! Mein Knabe ist verliebt. Der

Dolm. Er ist verliebt. Verliert den Kopf und gleich das Herz dazu. Lässt sich den Hals verdrehen, auf dem sein Plutzer sitzt. Verliebt? Mein Romeo? Man müsste dich so richtig durchprügeln. Kann noch nicht einmal auf zwei Beinen stehen, grad erst stubenrein, schon will er sich fortpflanzen, der kleine Zuzler. Magst du dich pflanzen? Oder pflanzt du mich?

AMME *mit Klangschale* Was ist denn los? Kinder, wie oft muss ich es denn noch sagen, diese Schreiereien sind schlecht für euer Karma, das sind negative, böseitrige Energien, gerade heute, wo der Mond im Löwen steht. Da soll man Haare schneiden, aber doch nicht streiten. Kinder! Na, ihr werdet euch noch schön anschauen – in eurem nächsten Leben, wenn ihr als Suppenwürfel reinkarniert.

COUSINE Wer schreit hier so? Wo brennt's? Was ist passiert? Sind die Aktienkurse abgestürzt? Ist ein Tsunami an Lobbyisten über die Börse hinweggebraust? Man muss sofort retten, was zu retten ist. Notverkauf. Alarm! Ich informiere die Geschäftsleitung.

MUTTER Bleib stehen. Hör mir zu.

COUSINE Ich hör ja eh.

MUTTER Was hab ich gesagt?

COUSINE Naja, dass, . . . also . . . wir sofort müssen. Außerdem steh ich in der Kurzparkzone mit meiner Sänfte.

MUTTER Maresa, Claudia, stellt euch vor, der Romeo mag sich pflanzen, und mich, er ist verloren für die Mutterliebe und ruiniert für alle Hoffnung, verliebt – statt dass er Golf spielt, auf die Jagd geht oder sonst was Anständiges treibt, lässt er sich von seinen Trieben treiben und will es treiben, dieser triebgesteuerte Ausbund eines Triebwerks.

AMME Das kleine Birscherl will schon Sex? Wie süß. Besser wär natürlich Schokolade, da schwitzt man nicht dabei. Aber du musst warten, bis der Mond in der Jungfrau steht.

MUTTER Wie blöd. Man müsste ihm den Hintern versohlen und verhindern, dass seine Sohlen ihn noch länger tragen.

COUSINE Ich scheiß mich an, ähem, natürlich mit Grandezza. Romeo, du bist mit denselben Sachen aufgewachsen wie ich, hast die gleichen Sachen gegessen, dieselben Sachen gesehen, die gleiche Luft geatmet - und doch bist du so anders, so vertrottelt. Während ich mich ins Geschäftsleben integriere, mich für die Firma interessiere, mit Auftragslagen und neuen Märkten plage, lebst du in den Tag hinein. Aber das ist typisch für euch Männer, unbrauchbar. Man muss sofort einen Arzt holen. Ich lauf zum Doktor Beutelschneider.

MUTTER Bleib stehen. Hör mir zu.

COUSINE Ich hör ja eh. Aber mein Parkschein läuft ab.

MUTTER Was hab ich gesagt?

COUSINE Naja, dass, . . . also . . . wir sofort müssen ihn kastrieren lassen, weil sein corpus delicti, wie der Lateiner sagt, sein delikater Körper . . .

MUTTER Blödsinn! Liebe! Davon will ich nichts mehr hören. Das sind Flausen. Hauptsache, man hat Geld. Du musst rechnen lernen.

COUSINE Genau. Cum grano salis - weil es wahr is.

MUTTER Wer soll denn einmal das Geschäft führen? Wir haben ein Monopol auf Badewannenstöpsel. Lavoir-Badewannenstöpsel sind eine Weltmarke. Die reinste Goldgrube, wenn kein Bassena wäre, hätten wir nicht einmal Konkurrenz. Lavoir-Badewannenstöpsel, aus Gummi und an einer Kette. Ballspende fürs Lycée Français, Damenspende am Opernball, Großes Ehrenzeichen der Stadt Wien, Gastgeschenk für alle hochrangigen Staatsgäste - Lavoir-Badewannenstöpsel. Und was macht mein Sohn, mein Romeo, der verstopfte und verzopfte Stöpsel? Er verstolpert sich.

AMME Hör nicht auf sie. Du musst lernen, auf deinen Bauch zu hören, deine Chakren freizumachen, deine Meridiane zu entgiften, du musst lernen, die Energie, die in dir fließt, zu nutzen. Darum sage ich nur eins: Heilfasten. Hier zieh eine Karte. *Sie hält ihm Tarotkarten hin, er zieht eine* Der Tod! Das ist wunderbar, bedeutet Neugeburt, du wirst dich wandeln. Noch eine. Der Gehängte. Besser geht es gar nicht. Du wirst dich lösen aus alten Verstrickungen, dir geht ein Knoten auf. Die Karten stehen gut für dich.

ROMEO Wenn ich sie sehe, fallen mir die Zähne aus dem Kiefer. Ihr Gesicht ist wie aus frischem Germteig, ihre Augen glänzen wie aus Zucker, ihr Mund, sogar ihre Nasenlöcher sind Rosinen . . . Sie ist eine Zukkerschnecke.

MUTTER Trottel, verliebt sich der in eine Bäckerin. Er verliert den Verstand, den er nicht hat. Aber ich werde ihm schon Moses lehren. Du, du Rumpfhirn.

COUSINE Ich lauf schon los und hol den Teppichpracker.

MUTTER Bleib stehen. Hör mir zu.

COUSINE Einen neuen Parkschein brauch ich auch.

MUTTER Hörst mir jetzt zu?

COUSINE Ich hör ja eh. Aber was ist, wenn ich einen Strafzettel . . .?

MUTTER Also. Was hab ich gesagt?

COUSINE Naja, dass, . . . also . . . wir sofort müssen ihn durchprügeln, bis er kein Hirn mehr in der Birn hat, bis ihm seine Haut vom Fleisch fällt, er nicht mehr von sechs bis sechs an Sex denkt.

AMME Lasst ihn doch. Armer kleiner Romerl. Er muss sich doch erst selbst finden. Komm, jetzt meditieren wir gemeinsam. Tief einatmen. Spürst du das Fluidum? Spürst du die kosmische Energie, wie sie dich durchdringt. Tief einatmen. *Romeo furzt* Ja, so ist es recht, lass alles Schlechte fahren, entgifte dich.

MUTTER Du bist zu gut zu ihm.

AMME Ich bin seine Amme. Von mir hat er die Milch.

COUSINE Die jetzt verkäst ist.

AMME Du! Du kriegst gleich eine homöopathische Watschen. Du Trabant. Ich brauch doch keine Milch mehr geben, ich mach auf Makrobiotik, es reicht, wenn wir es uns vorstellen.

MUTTER Ich halte nichts von diesem laissez-faire, ich bin für Prügelstrafe.

COUSINE Viel zu gut. Verliebt sich einfach, wo er mir versprochen ist, dieser Verbrecher.

MUTTER Dir?

COUSINE Wegen dem Geschäft. Eine Vernunftehe. Modus vivendi, wie der Lateiner sagt, wenig aufwendig.

AMME Jetzt entspanne dich. Sag, wie heißt die Glückliche?

COUSINE Wahrscheinlich Angelika Jolly, Hotel Hilton, Rubi Cruby oder sonst eine Silikone.

ROMEO Pipette Bidet von Bottich, genannt Napferl.

MUTTER Die ist nichts für dich. Ein de Lavoir und eine Bottich?

AMME Pipette Bidet von Bottich.

COUSINE Schrecklicher Name.

MUTTER Jetzt sei aber ruhig.

ROMEO Wenn ich sie nicht kriege, bringe ich mich aus, äh um.

MUTTER Maresa! Claudia! So unternehmt etwas. Treibt es ihm aus.

COUSINE Ich lauf zum Pfarrer, der muss einen Exorzismus machen, dann werden ihm die Teufeleien schon vergehen.

MUTTER Bleib stehen. Hör mir zu.

COUSINE Ich hör ja eh. Aber einen neuen Parkschein bräucht ich dann schön langsam.

MUTTER Was hab ich gesagt?

COUSINE Naja, dass, . . . also . . .

AMME Austreiben kann ich nichts, nur auspendeln. Aber schuld sind die Möbel. Sie stehen schlecht. Die ganze Ausrichtung der Einrichtung ist unrichtig. In jedem Feng Shui Kurs lernt man, nicht neben einer Tür zu sitzen, nicht neben einem Fenster, nicht unter einer kahlen Decke, nicht in einem Raum mit Ecken . . . Aber ihr mit eurer neumodischen Lebensart. Ihr mit euren vertrockneten Milchdrüsen.

MUTTER Still, du Molkereiverbund.

COUSINE Nöm, nöm.

AMME Schon in der Bibel steht, die Ammen werden die Reichen sein. Und selig sind die Ammen. Neige dein Ohr zu den Ammen. Und: Wer die Ammen verspottet, . . . Die Ammen werden die Ersten sein.

COUSINE Ist das alles? Kann ich wieder gehen? Meine Sänfte steht in der Kurzparkzone und ich muss mich noch vorbereiten. Übermorgen steht der Rechtsstreit vor Gericht. Badewannenstöpsel. Lavoir gegen Bassena.

MUTTER Nein!

COUSINE Ich weiß etwas. Heute Abend ist ein Fest, draußen in Purkersdorf. Wenn der Romeo nur andere gut gewachsene Töchter sieht . . .

MUTTER Verliebt er sich in eine andere.

COUSINE Sieht er, wie wandelbar die Liebe ist. Bald vergisst er diese, steht auf jene, kommt schon die nächste, und ehe er es sich versieht, ist er geheilt von diesem gefühlsduseligen Unsinn. Und dann kann er gleich mich heiraten. Modus i-kenn-di.

MUTTER Worauf warten wir? Wer gibt das Fest?

COUSINE Es ist ein Burkafest in Purkersdorf.

AMME Burkafest in Purkersdorf?

MUTTER Was heißt das?

COUSINE Dass sich alle verkleiden als Moslemfrauen oder Taliban oder Bauchtänzerinnen oder Selbstmordattentäter oder.

AMME Das wird lustig. Ich geh als Eierwärmer. Oder als Pfadfinderzelt. Oder als . . .

MUTTER Ruhe. Das geht nicht.

COUSINE Warum?

MUTTER Erstens weil's politisch ist. Was, wenn unsere Geschäftspartner im Maghreb das erfahren?

COUSINE Die sind doch eh schon alle weg.

MUTTER Zweitens bin ich selbst a Purkersdorferin. Mit 17 Jahren habe ich geschworen, ich geh da nicht mehr hin.
AMME Wir sind doch verkleidet.
MUTTER Da geht es ums Prinzip.
AMME Bist doch eh so klein, dass dich keiner sieht.
MUTTER Du, sei ruhig, du Kaulquappe.
COUSINE Dann bleibt nur der Maskenball in Margareten.
MUTTER Da gehen wir hin. Warum nicht gleich.
COUSINE Die Sache hat nur einen Haken.
MUTTER Man muss Eintritt zahlen?
AMME Die wissen dort nichts von Feng Shui?
COUSINE Nein, es ist der Gastgeber.
MUTTER Ein Purkersdorfer?
AMME Ein Frauenarzt?
COUSINE Antonio Bassena.
MUTTER Nicht möglich.
COUSINE Doch.
MUTTER Mein größter Feind? Das halte ich nicht aus, der, wegen dem alles zugrunde geht. Einer, der integrierte Badewannenstöpsel produziert. Mit dem ich seit Jahren im Rechtsstreit liege, den ich hasse wie sonst niemanden. Antonio Bassena! Dieser Gutmensch, der sogar Ausländer beschäftigt: Tschuschen, Tschechen, Tschetschenen, Tschecheranten, Tschapperl, Tschikarretierern, Jobhoppern, allen gibt er eine Tschance, für alle hat der ein Herz.
COUSINE Übermorgen sehen wir ihn vor Gericht.
MUTTER Keine Krankheit, die ich ihm nicht vergönne. Flöhe am Sack und Krätze im Nasenloch. Just zu dem soll ich gehen? Niemals.
COUSINE In den Kostümen wird er uns nicht erkennen.
MUTTER Niemals. Unser Streit reicht lang zurück, bis in die Steinzeit der Badewannenstöpselmanufaktur. Ich weiß es noch wie heute, meine Hochzeit, Romeos Vater, dieser unverlässliche Mensch, verzeih, aber wie sonst soll man über einen reden, der sich davonstiehlt, indem er stirbt, Romeos Vater, mein Bräutigam also,

dieser wetterwendische Windbeutel, kannte seine Frau, deshalb waren die Bassenas eingeladen. Wie allen Gästen hab ich auch ihm das Du-Wort angeboten. Und der? Was macht der widerliche Kerl? Dieser Antonio Bassena? Lehnt es ab. Vor allen Gästen hat er mich blamiert bis auf die Knochen. Kannst du dir das vorstellen? Lehnt das Du-Wort ab. Diese Beleidigung. Diese Infamie! Diese . . .

AMME Und Romeo? Soll dein Sohn ewig einer Pipette Bidet von Bottich verfallen sein?

COUSINE Die Bassenas haben integrierte Badewannenstöpsel entwickelt, das sind militante Gutmenschen und deswegen dürfen wir nicht nicht hingehen. Diese Blöße geben wir uns sicher nicht.

AMME Aber wir haben keine Einladung?

COUSINE Keine Angst, wir schwindeln uns schon rein.

MUTTER Aber wer weiß, was es dort zu essen gibt. Vielleicht so ordinäre Sachen wie Würstel und Bier und Sauerkraut. Und wenn man eine Rotwein-Cuvée will, verstehen sie nur Kübel Rotwein. Man sagt Cuvée und kriegt einen Kübel. Dieser gemeine Mensch scheut doch vor nichts zurück.

AMME Im Schlossquadrat wird es Würstel geben? Eher Schlosskäs und Schlosserbuben.

COUSINE Außerdem geht's um den Romeo.

Die drei singen um Romeo

„Bei mir bist du schejn"

S steckt mir im Hoils a Trum und zwar a Murdstamtam.
A große Wut. Wer kocht? Wer putzt?
Und wer ramt zsam?
Wer sorgt si um morgen scho heit? Nur mit dir, mein Freind, hat ma ka Freid.
Drum beend dies Leid, her auf damit.
Du wirklich gell, i sag, i verbitt dir,

Deine Weiber-Fantasien, die bitte schnell vergiss und schmier
Sie dir in deine zrupften Haar, hupf in Gatsch und du wirst sehen,
Die Weiber bringen nichts, nur Ärger ein.
Bei mir hast du's schejn, wirst zu kana anderen gehen.
Bei mir hast du's schejn, kriegst kan Grant.
Bei mir hast du's schejn, wirst sehen, kannst ruhig gehen.
Uns verbindet doch a starke Hand.

I kunnt sagen Billa Billa, i werd sagen Eurospar.
In meiner Sprache hülf i dir, gell, du hülfst mir a.
Wir haben a Hetz, wirst schon sehen, bei mir hast du's schejn,
So bleib do und sag, du verstehst.

Bei mir hast du's schejn,
Du hearst stell dir vor, geh weg und du wirst sehen
Bei mir hast du's schejn, kriegst kan Grant.
Bei mir hast du's schejn.
Is so a oilda Refrain, aber du wird es noch sehen,
ka andere wascht und bügelt dir das Gwand.
I kunnt sagen Billa Billa, i werd sagen Eurospar
In meiner Sprache hülf i dir gell, du hülfst mir a.

I kunnt sagen Billa Billa, i werd sagen Eurospar.
In meiner Sprache hülf i dir, gell, du hülfst mir a.
Wir haben a Hetz, wirst schon sehen, bei mir hast du's schejn,
So bleib do und sag, du verstehst.

Alle ab, Claudia zurück

COUSINE Ich hab es ja gewusst. Ich habe es ja gleich gesagt, ich hab's geahnt, nolens volens, wie der Lateiner sagt, zohlen sollens, ein Strafmandat! Aber die können was erleben, diese Parkwasteln. Denen werde ich es zeigen. In vino veritas, in Wien, da wär i was ... Sautrotteln elendige ...

1. AKT, 3

Maskenfest bei den Bassenas, bei dem Julias 17. Geburtstag gefeiert wird.

VATER Julia, zieh dir etwas an, du wirst dich verkühlen.

JULIA *als Bauchtänzerin* Aber Papa. Das ist mein Kostüm.

VATER Was soll das vorstellen? Ist meine Tochter ein Stück Käse, dass mit Fliegengitter sich umgibt?

JULIA Mir gefällt es selbst nicht. Ich mag auch nicht zu diesem Fest.

VATER Was? Willst du mich blamieren? Ruhe! Das Fest ist dir zu Ehren, zu deinem 17. Geburtstag.

JULIA Ich mag halt keine Partys, zu denen nur alte Leute kommen.

VATER Was heißt alt? Bin ich vielleicht alt? Ich mag es nicht, dass du in diesem Ton mit mir redest.

JULIA Und ich mag es nicht, dass Sie meine Privatangelegenheiten öffentlich machen, Papa.

VATER Was denn für Privatangelegenheiten?

JULIA Na, den Geburtstag.

VATER Integrität ist alles, was wir haben. Du kennst meine Prinzipien.

JULIA Integrierte Badewannenstöpsel.

VATER Ich mag es nicht, dass man in diesem Ton mit mir redet. Die Welt wird mir noch einmal dankbar sein für meine Ideen. Ideen kann man nicht küssen, Ideen bluten nicht, sie fühlen keinen Schmerz. Aber man kann Ideen leben. Nichts ist so stark wie eine Idee, deren Zeit gekommen ist. Und der integrierte Badewannenstöpsel ist meine Idee, meine Zeit: sozial, umweltfreundlich, familiengerecht, wassersparend, modern, demokratisch, liberal, weltoffen. Der integrierte Badewannenstöpsel würde jede Wahl gewinnen ... *Er schläft mitten im Redeschwall ein, Julia ist erst perplex, klatscht dann in die Hände* Das ist Fortschritt!

JULIA Papa. Aufwachen!

VATER Was? Wo bin ich?

JULIA Sie sind schon wieder eingeschlafen.

VATER Bin ich nicht.

JULIA Sind Sie doch.

VATER Das kommt von der Diabetes.

JULIA Sie sollten endlich mal zum Arzt gehen.

VATER Wo war ich stehen geblieben? Wir zeigen, wozu die Menschheit fähig ist. Der integrierte Badewannestöpsel ist eine Revolution. Was stellen wir her? Vertrauen! Wer dagegen ist, stellt sich gegen die Erneuerung, gehört auf die Guillotine oder zumindest aufs Schafott, wenn nicht unters Fallbeil. Schluss mit der Sklaverei durch angekettete Badewannenstöpsel. Hier geht es um die Freiheit des einzelnen, um Unabhängigkeit. Beim Badewannenstöpsel fängt es an und beim Mond hört es auf – der hängt schließlich auch an keiner Kette.

JULIA Letzte Woche, als Sie mit dem Zug nach St. Pölten wollten.

VATER Bin ich eingeschlafen und erst in Salzburg aufgewacht. Das kann jedem mal passieren.

JULIA Und bei der Rückfahrt sind Sie wieder eingeschlafen und bis Budapest gefahren.

VATER Auch das kann passieren.

JULIA Aber Sie sind drei Tage lang zwischen Salzburg und Budapest hin und her gependelt. Drei Tage!

VATER Aber schließlich bin ich doch in St. Pölten angekommen.

JULIA Weil Sie zufällig aufgewacht sind. Aber statt zum Arzt zu gehen, veranstalten Sie Feste. Statt sich einer Untersuchung zu unterziehen, finden Sie es richtig, eine Unterhaltung aufzuziehen.

VATER Du weißt, ich hasse Ärzte. Quacksalber.

JULIA Und ich hasse Feste. Sie machen ja Ihr Margarinefest gar nicht wegen mir, sondern nur, um der Welt Ihre integrierten Badewannenstöpsel vorzustellen.

VATER Margaritenfest. Und ich verbinde nur das Angenehme mit dem Nützlichen.

JULIA Das meine ich. Und deswegen können Sie Ihr Fest alleine feiern, Papa.

VATER Respekt muss man vermitteln, damit man ihn bekommt. Aber soll ich dich schlagen? Ich würde gern, mit einem Rohrstock oder einem Stromkabel, aber das geht gegen meine Prinzipien. *Er geht zur Tür, an der Beichtl lauscht* Ah Bulimio, vielleicht kannst du bei diesem störrischen Wesen etwas ausrichten. Dieses Frauenzimmer weigert sich, meine Tochter zu verlassen. Umgekehrt, diese Tochter weigert sich ihr Zimmer zu verlassen. Egal. Sprich ihr ins Gewissen, reinige ihren Geist, du bist schließlich Geistlicher. Unterhaltet euch ein bisschen. *Ab*

Schweigen

BEICHTL Was muss ich hören? Die kleine Julia mag sich nicht zeigen. Die kleine Julia vergräbt sich lieber in ihren Decken und Plüschtieren und Poesiealben, als dass sie sich der rauschenden Ballnacht hingibt.

JULIA Nichts gegen mein Peussyalbum.

BEICHTL Poesiealbum. Das heißt Poesiealbum, nicht Peussyalbum.

JULIA Das ist mein Sprachfehler. Immer wenn es Oe oder Eo heißt, kommt ein Eu bei mir heraus. Johann Wolfgang Geuthe, Edgar Allen Peu, Keuxistenz.

BEICHTL Egal. Du gehst jetzt zu den Gästen und machst ein bisserl Konversation.

JULIA Was ist das?

BEICHTL Sprich so freundlich zu den Leuten, dass man deine Sätze in Konserven stecken will. Das ist Konversation. Du warst schließlich auf einem Konservatorium. Und sag um Himmels Willen nichts von deinem Peussyalbum.

JULIA Ich will niemanden sehen, Pater Bulimio. Diese ganzen Gespritzten und Versprudelten mit ihrer überschäumenden Lebensfreude. Diese ganze so genannte bessere Gesellschaft. Das sind doch alles Fleischfresser und Umweltzerstörer und Hinterwäldler.

BEICHTL Starrsinn bringt nichts. Gott will, dass das Schöne, das er über Gebühr in dir erschaffen hat, auch gebührende Bewunderung erfährt.

JULIA Aber Gott ist nicht die GIS, Gott will auch Verzicht.

BEICHTL Blödsinn. Was weißt denn du von Gott. Gott will, dass die kleine Julia mit ihren zarten Balkon-Knospen den Frühling, der in ihrem Körper erste Blüten treibt, in den Winter der Gesellschaft bläst. Gott sagt, liebe deinen Nächsten. Und wenn dein Kompass ausschlägt, folge ihm.

JULIA Nimm deine Hände weg.

BEICHTL Was am Solidesten ist, bricht. Schau dir an das Schilf am Ententeich, es biegt sich im Wind, aber es bricht nicht, während ein fester Baum an seiner eigenen Last zusammenbricht. Schilf bleibt.

JULIA Bis ein Kind kommt und es ausreißt

BEICHTL *für sich* Die hat einen Arsch wie eine Zwiebel, bringt mich zum Weinen. *Laut* Schau, Julia, wenn die Berechnungen der Physiker stimmen, besteht das Universum zu 70 Prozent aus Gebeten und zu 20 Prozent aus Fleiß und zu 10 Prozent aus Trieben.

JULIA Bleib mir vom Leib. Du hast Muru.

BEICHTL Selig sind die Friedfertigen. Sonst kriegst eine in die Go . . . Jedes Knie muss sich beugen, jede Zunge muss bekennen, dass Jesus ist der Herr. Ich wollte auch nie heiraten, weil ich grundsätzlich gegen die Ehe bin.

JULIA Aber du bist doch mit Gott verheiratet, Pater Bulimio.

BEICHTL Nur weil er müssen hat, ist Bulimio Gottlieb Gottfried Gotthilf Theophrast Amadeus Beichtl in den

Orden eingetreten, den sich andere nur umhängen. Ich musste ins Kloster, damit mein Bruder, dein Herr Papa, den Betrieb übernehmen und heiraten konnte. Da ist es doch nur gerecht, dass ich jetzt nach meinen Verfehlungen und Sündenfällen hier bei euch leben und meine kalten, alten Hände an deinem jungen Fleisch wärmen darf.

JULIA Bulimo! Sie folgen nur Ihren eigenen zwielichtigen Bedürfnissen, die von mir keinesfalls erwidert werden.

BEICHTL Serafin?

SERAFIN *singt*

Als Serafin in der Wiege lag, da war es schon zu sehn.
Der wird so wunderschön, wie'n Standbild aus Athen!
Und so vergingen Jahr und Tag, der Fini wuchs heran.
Voll Neid war jeder Mann, da sagte man:

Was kann der Serafin dafür, dass er so schön ist?
Was kann der Serafin dafür, dass man ihn liebt?
Die Leute tun, als ob die Schönheit ein Vergehn ist,
Man soll doch froh sein, dass es so was Schönes gibt!
Was kann der Serafin dafür, dass er so schön ist?
Der Fini ist nun mal ein süßer Kavalier!
Und dass er immer bei den Damen gern gesehn ist,
Was kann der Serafin, der Serafin dafür?

Frau Lehmann, die sehr spröde war, die war bei Fini zahm,
Weil er sich gut benahm, er ging, eh Lehmann kam!
Doch wenn Herr Lehmann, der Barbar, mitunter kam zu früh,
Und laut mit Fini schrie, dann sagte sie:

Was kann der Serafin dafür, dass er so schön ist? . . .

Als Fini so mit achtzig Jahr die schöne Welt verließ,
Trug ihn ein Englein süß, direkt ins Paradies.
Doch Petrus rief „Zur Hölle fahr, hier kommt kein Sünder rein",
Da riefen im Verein die Engelein:

Was kann der Serafin dafür, dass er so schön ist? . . .

SERAFIN Ko-ko-kommt, die Gä-gä-gäste sind schon da. A-a-a-nstand und Ge-ge-gerechtigkeit sind mehr als Worte, es sind Pe-pe-perspektiven. Ko-kommt.

JULIA Aber nur unter Protest.

Unter den Gästen

SERAFIN Vornehme Leute. Da soll man sich nichts vornehmen.

VATER *Serafin stört ihn die ganze Zeit* Freunde, Kollegen, Badewannenstöpselfetischisten, Hygieniker, Kapitalisten und Proletarier, Wissende und Unwissende, wir haben uns hier heute in diesen seltsamen Kostümen versemmelt, äh versammelt, um meine liebe Tochter Julia, manche von euch werden sich noch erinnern, wie sie so klein gewesen ist und in die Windel gepfeffert hat, manche werden noch wissen, dass sie erst mit sechs begonnen hat zu sprechen, wir selbst dachten, mit diesem Kind stimmt was nicht, ihr dachtet es natürlich auch, aber keiner traute sich, das auszusprechen, nein, nein, Freunde, oder glaubt ihr, ein stolzer Vater merkt das nicht, wie alle sein Kind für eine kleine Deppin halten, stumm war sie, dick wie ein Nilpferd, und später dann auf der Schule, sie war noch immer nicht stubenrein, hat gestottert und . . . *Er schläft ein*

JULIA Papa. Aufwachen.

VATER Wer hätte gedacht, dass sich aus diesem dummen, hässlichen, fetten Nilpferd so ein Augenstern herauspellt, wer hätte gedacht, dass dieser unscheinbare

Gschrapp sich dermaßen entwickelt? Und ich schwöre euch, ich habe sie nicht ausgetauscht. Also hebt das Glas mit mir auf meine Julia, meinen ganzen Stolz, und seit meine Frau von uns gegangen ist, auch meine einzige Liebe – neben den integrierten Badewannenstöpseln. So, und jetzt, bevor meine Augen in Tränen untergehen, was soll ich noch viel sagen als: Das Buffet ist eröffnet. Die Kellner haben zwar ihre Krawatten schon auf Halbmast, aber dafür stinken sie nicht so wie die im Sacher.

ALLE Prost. Auf Julia. Hoch soll sie leben, hoch soll sie leben, dreimal hoch, Kinder soll sie kriegen …

VATER Was ist denn?

SERAFIN Etwas Schreckliches.

VATER Ja, was denn?

SERAFIN Es gibt Kri-kri-kri.

VATER Kikeriki heißt das und heute kräht kein Hahn danach.

SERAFIN Es gibt Kri-kri-kri.

VATER Was heißt denn das?

SERAFIN Es gibt Krieg.

VATER Das glaub ich nicht. Gut die Wirtschaftskrise, die Ölkrise, die Chinesen, der Maghreb. Ah so, du meinst wegen der Kostüme. Blöde Idee. Margaritenfest im Schlossquadrat? Aber deswegen gibt es keinen Krieg. Oder ist etwas mit dem Buffet? Ist der Sekt aus?

SERAFIN Die La-la-la.

VATER Was?

SERAFIN Die La-la-la.

VATER Ach so, die Lalala, die Musik. Musik!

SERAFIN Die Lavoirs sind da.

VATER Die La-la-lavoirs? U-u-unmöglich. Vö-vö-völlig au-au-ausgeschlossen.

SERAFIN Da, der Ro-ro-ro.

VATER Der Rowohlt-Taschenbuchverlag? Der Rossacher und Dolezal? Der Rosenberger Autobahnraststätte? Der Rogan Markus? Der Rosegger?

SERAFIN Der Romeo, die Rotzpipn.

VATER Niederträchtig. Aber der ist gar nicht trächtig.

SERAFIN Ich hau, ich hau, ich hau ihn tot. Der wa-wagt es, uns herauszufordern, indem er einfach da ist und uns die Luft vom Brot herunteratmet.

VATER Das kannst du halten, wie es dir beliebt, nur heute nicht, ich will hier keinen Streit. Vielleicht ist er es gar nicht.

SERAFIN Ich erkenne ihn trotz der Verkleidung – schon am Gesicht, das er maskiert hat. Dem prügle ich ins Hirn, dass er hier nichts verloren hat. Dann schlag ich's ihm heraus.

VATER Bleib.

SERAFIN Den hau ich, bis ihm die Luft weg bleibt, diesen sinnlosen Sauerstoffverbraucher.

VATER Den Teufel wirst du tun. Ich will hier keinen Streit.

SERAFIN Jetzt macht er sich an Julia heran.

VATER Das geht zu weit. Das ist zu viel. Jetzt ist er dran.

SERAFIN Dieser Nudeldrucker kann seine Nudl nicht in meine Julia drucken, ohne dass ich ihm vorher eine einedruck. Ich hab den Eindruck, der legt es darauf an.

VATER Bleib da. Ich will hier keinen Streit. Das wär nicht gut fürs Renommee. Wir sind vielleicht Provinzproleten, aber wir lassen uns nicht provozieren.

ROMEO Holla! Wer das Leid nicht hat erfahren, ist nicht auf die Welt gekommen. Und ich leide jeden Tag rückwirkend, den ich ohne Sie auf dieser Welt verbringen musste, Schönste aller Schönen, Holde aller Holden, Sie menschgewordener Holunderstrauch, die Sie mich so blenden wie ein schöner Wintertag. Noch mehr aber macht mir Kummer der Gedanke, ich müsste leben auch nur einen Augenblick, ohne Sie, mein Fräulein. Ihr Gesicht hat Farben, die der Herbst nicht fertig bringt, ihr Körper, der hat Formen, die ich mag. Sie sind, das seh ich gleich, wie ein Leben, das gelingt, wie jedes Maß, mit dem man misst, der Augenblick, den man nie, niemals vergisst. Sie sind mir vertraut, wie es einem alte Photos sind. Sie sind mein Verlust und mein Gewinn, ein Gedicht, das niemand schreibt, ein Rausch, der ewig währt, immer noch mehr verträgt, nie speibt. Sie! Ich hab heute nichts getan und doch bin ich es schon müde, Euch nicht zu sehen. Keine Minute halte ich es mehr aus. Egal, wohin mein Blick sich dreht, er landet doch bei Euch, ihr geneigtes Wunderwesen. Zauberhafte! Etwas hat Besitz ergriffen von mir. Ich bin erobert und ergebe mich.

JULIA Ist das nicht ein bisserl stürmisch.

ROMEO Stürmisch? Euer Anblick hat mich knockoutiert, von so viel Schönheit bin ich wie erschlagen. Und jetzt noch Eure Stimme. Was habe ich insgeheim gehofft, sie würd wie eine alte Mausefalle quietschen, was hab ich mich gesehnt, Sie würden blutschen, lispeln, kruspeln. Doch ist die Stimme sanft und rund und klar und süß wie Himbeersirup. Jetzt ist es vollends um mich geschehen. Du Griespudding. Ich will dich jetzt sofort, will meinen Löffel in dich stecken.

JULIA Auch Eure Stimme tönt mir wohl, nur der Inhalt Eurer Worte ist ein wenig liederlich.

ROMEO Liederlich?

JULIA Soll ich sagen extraordinär?

ROMEO Ich höre Stimmen, die sagen, wenn du sie nicht gleich küsst, bist du ein Dummkopf. Wenn du nicht gleich über sie herfällst, bereust du es dein Leben lang. Aber liederlich?

JULIA Du? Ihr lasst euch von den Stimmen duzen. Macht ihr euch damit nicht gemein?

ROMEO Nicht gemeiner als ich bin. Ein Schurke, ein Hallodri, ja, ein Dieb - einer der, passen Sie auf, Küsse stiehlt. *Er küsst sie*

JULIA Aber. Ihr seid originell. Und ziemlich schnell.

ROMEO Damit Ihr mein gutes Herz seht und die gute Absicht, gebe ich ihn sogleich zurück. *Küsst sie wieder*

Ihr müsst dafür eine Leihgebühr bekommen. Ich zahl sie gern mit einem Kuss. *Küsst sie wieder*

JULIA Aber.

ROMEO Ihr habt recht, das war zuviel. Gebt mir das Wechselgeld heraus. *Küsst sie wieder*

JULIA Aber.

ROMEO Jetzt sind unsere Lippen quitt. Nur Ihr Hals ist auf die Lippen böse, weil wir das ganze Geschäft ohne ihn gemacht. *Küsst sie auf den Hals* Und wenn das jetzt die zarten Knospen sehen.

JULIA Immer wenn ich glücklich bin, will ich schreien. Schreien vor Glück.

ROMEO Sag, du holdes Wesen, wie ist dein Name.

JULIA Ich spüre ihn schon in den Zehen.

ROMEO Ich werde diese Hose tragen, bis ich weiß, wie du mit Namen heißt. Verrate mir, von wem du abstammst, damit ich deine Zeuger ehren, um deine Hand sie bitten kann.

JULIA Jetzt sitzt er in den Knien, der Schrei, fährt die Schenkel hoch, rumort, kitzelt im Bauch.

ROMEO Mir macht es nichts, ob du eine randständig Anständige oder eine unanständig Standesgemäße bist – ich nehm dich auch, wenn dich schon einmal einer sitzengelassen hat und du Mutter von vier Kindern bist. Naja, sagen wir von zwei.

JULIA Ich fühl ihn in der Brust, den Schrei. Er sammelt sich.

ROMEO Und bist du nur eine Landpomeranze, nehm ich dich doch.

JULIA Jetzt ist er schon im Hals, der Schrei, er will heraus. Den Gaumen schiebt er jetzt beiseite, legt sich auf die Zunge, klappt entzwei das Kiefer, will heraus. Julia heiß ich, mit Nachnamen Bassena. *Sie nimmt ihre Maske ab*

ROMEO Ahhhhhhhhhhhhhhhh.

JULIA Was ist mit dir?

ROMEO Wenn du eine Bassena bist, ist alles aus. Das bitte nicht. Dann sind wir Feinde, unsere Namen machen uns dazu. Ich bin der Romeo de Lavoir. *Auch er nimmt seine Maske ab* Was ich eben noch verehrt, begehrt, verzehrt, wird zum schwindsüchtigen, anämischen Grispindel. Was mir eben noch das schönste, strahlendste Gesicht, wird jetzt zur bösen, blöden Fratze. Was mir eben noch wie eine Göttin war, ist jetzt a blöde Blunze, ganz zergatscht.

JULIA Und du? Der Romeu? Ein Lavoir? Aus dieser degenerierten Sippe, nicht mehr zeugungsfähig. Ein deformierter Seelenkrüppel. Deine Mutter ist eine eiskalte, berechnende Schildkröte mit so einem Panzer.

ROMEO Und dein Vater? Dieser militante Gutmensch. Bei dem geht das soziale Mitgefühl soweit, dass er sogar die Badewannenstöpsel integrieren will.

JULIA Deine Mutter will sie anketten, diese Sklaventreiberin. Du, du Romeu.

ROMEO Meine Mutter ist in Wirklichkeit gar nicht so schlecht.

JULIA Mein Vater ist nicht so gut, wie er immer tut, aber er ist auch nicht so schlecht.

ROMEO Wie du. Jetzt seh ich es. Nur die Namen stehen zwischen uns. Der Name hier, der Name da. Nichts als ein bezeichnender Belag, der sich in uns frisst wie Karies in einen Zahn. Aber ich will keine kariesmatische Erscheinung sein, ich lege meinen Namen ab. Was brauch ich das Lavoir, kann ich nur glücklich sein mit dir.

JULIA Und ich schmeiß weg meine Bassena. Leugne meinen Vater, lege seinen Namen ab, nimm den Namen an von seinem Feind, will auch sein eine narrisch Lavoirische. Will immer sein bei dir, mein Romeu.

ROMEO Dann wird alles gut.

JULIA Alles wird gut.

ROMEO Nur eines noch, warum sagst du Romeu? Ich heiß Romeo so wie der Alfa. Romeo wie das Deo. Eo wie die Theologie. Romeo wie Leo-poldstadt, Kleopatra, Leopard.

JULIA Ach Romeu, ich hab gleich gewusst, dass du mich nicht lieben wirst.

ROMEO Aber wieso denn, nein. Wenn es dir gefällt, nenn mich Romeau, Romei, Romeö, Roman, Ramon, Rahmschnitzel, Rumsteak, Rumpelstilzchen.

JULIA Ich hab diesen Sprachfehler, du wirst ihn öfter noch beubachten, statt Oe und Eo kommt ein Eu. Ich bin eine Kuh.

ROMEO Nein, du bist keine Keo, äh Kuh. Aber warum drückst du deinen Kopf.

JULIA Damit du mich immer liebst.

ROMEO Und deshalb willst du dir das Hirn aus deinem Kopferl pressen?

JULIA Frauen mit kleinen Köpfen haben einen größeren erotischen Reiz, weil sie damit den Männern signalisieren, dass sie dumm sind. *Still* Dadurch fühlen sich die Männer überlegen, wenn ihnen eine zeigt, dass sie dumm genug ist, dableibt. Schau, die Marilyn Monru, die Goldie Hawn, die Paris Hilton, lauter Kleinkopferte. Deswegen haben es die Feministinnen so schwer, weil sie zu große Köpfe haben. Und daher will ich …

ROMEO Blödsinn. Und jetzt komm, wir suchen uns ein lauschiges Platzerl oder Matratzerl, da zeig ich dir mein Spatzerl und du mir dein Katzerl, und dann nehm ich mein Schatzerl mit meinem Pratzerl und sag ihm ein Satzerl.

Die Liebe wird entdeckt, großes Bahöö, Katastrophe

SERAFIN Rettung oder Polizei? Alarm!

MUTTER Ahhh. Nein. Das geht zu weit. Mein armer Junge. Nicht nur, dass er hierher gelockt wurde, er sich unter falscher Kleidung herein stehlen musste wie ein Dieb … nein, jetzt wird er auch noch verführt. Von der Bottich? Nein! Von der Tochter meines Feindes, ich erkenn sie am Geschau, bei der sind sogar die Augen integriert. Eine Intrige. Eine Schande. Wenn ich mich nicht eingeschlichen hätte, würde alles das rücksichtslos und hinterrücks hinter meinem Rücken ruckzuck geschehen. Zu vorgerückter Stunde. Verrückt. Rückts auseinander, sonst muss ich ausrücken und meinen Handrücken auf eure dummen jungen Wangen drücken.

SERAFIN Die Lavoir.

VATER Das ist eine Überraschung.

MUTTER Das will ich hoffen.

VATER Verköstigt sich auf meine Kosten. Schmeckt es wenigstens?

MUTTER Wie Pappmaché, aus so etwas haben wir früher Faschingsmasken gemacht.

BEICHTL Das ist eine Prüfung, der Anfang vom Ende der Welt. In nomine domino spiritus. In Momenten wie diesen geht es um den Glauben. Fest muss er sein, größer muss er werden, wenn man ihn braucht, unnachgiebig muss er sein. Und wenn's drauf ankommt, muss er spritzen.

MUTTER Das glaub ich auch. Soll ich vielleicht mitansehen, wie mein einziger Sohn schamlos verkuppelt wird. Eine feine Familie.

BEICHTL Vielleicht schamlos, aber nicht ohne Charme.

MUTTER Sie haben es notwendig. Kerzerlschlucker! Aber eines sag ich Ihnen, ich mach einen Skandal.

AMME Aber nicht heute mit dem Mond im Löwen. Besser wär's wir würden auf den Schützen warten.

MUTTER Du sei still. Betrug! Skandal!

VATER Schreien Sie nicht so, das gibt eine Stimmbandeiterung.

MUTTER Das ist mir wurst. *Zu Romeo* Und du? Glaub bloß nicht, dass du jemals wieder mit ihr spielen kannst, du wandelndes Lustprinzip. *Zu Julia* Und du, schau nicht so deppert!

COUSINE So etwas verletzt unseren Stolz, damit Sie es nur wissen. Wir sind schließlich etwas Besseres, wofür andere sich nur halten. Während für Sie Nive-au wahrscheinlich eine Handcreme ist. Der Romeo ist mir versprochen. Mea culpa – meinen Brüsten!

SERAFIN Claudia Canale.

COUSINE Na und, du Rumtopf. Ich habe mehr Verstand, als du jemals brauchen wirst, wenn ich mich herablasse, mit dir zu kompostieren. Aber jetzt muss ich zur Presse. Man muss schließlich die Öffentlichkeit informieren. Quod erat demonstrandum, wer demonstriert, der irrt nicht.

MUTTER Bleib stehen. Hör mir zu.

COUSINE Ich hör ja eh.

MUTTER Was hab ich gesagt?

COUSINE Naja, dass, . . . also . . . wir sofort müssen die Presse informieren, weil . . .

MUTTER Bleib da.

AMME Schuld ist seine Schulbildung. Ich habe gleich gesagt, das Kind gehört auf eine Rudolf Steiner-Schule. Und makrobiotische Ernährung! Jetzt haben wir den Salat, dass sein Astralleib austreibt. Aber wenn wir uns alle gemeinsam an den Armen fassen und meditieren, ist es nicht so schlimm.

SERAFIN Die O-o-oma ist auch noch mit.

AMME Ohmmm. Will keiner meditieren? Macht nichts, dann denkt an die Yoko Ono, von der haben auch alle gesagt, sie zerstört die Beatles, obwohl diese kleine Frau mit ihrem flachen Eulengesicht gar nicht zum Paul McCarty passt.

VATER Was hassen wir? Die schlechten Eigenschaften an uns selbst. Aber bei den Lavoirs ist es etwas anderes, die haben intrigiert, falsche Geschichten über mich erzählt, mich angeschwärzt beim Magistrat, beim Bürgermeister, in der Presse . . . alles, was die sind, ist parfümiert. Und trotzdem stinken die nach Gier und Geiz. Diese erzreaktionären Spießer stellen sich gegen die Integration der Badewannenstöpsel. Das sind genau die, wegen denen unsere Gesellschaft zugrunde geht. Und so einen willst du heiraten? Der wird seinen Stöpsel nicht in die Badewanne pfropfen, was meine Tochter ist.

JULIA Aber Romeu ist ganz anders, er ist so . . .

VATER Bist du verliebt? Liebe ist ein Blödsinn, heute gibt es nur noch Lebensabschnittspartner – und die halten nicht lang. Aber vielleicht könnte eure Zuneigung den Hass unser beider Häuser beilegen.

AMME Die Yoko Ono hat auch den MacKathi inspiriert. Mit ihr war er glücklich, weil ihm der Amor einen Geigenbogen ins Herz gepfeffert hat. Sie kennen den Amor nicht? Den Lehrling von der Frau Venus.

COUSINE Der Lennon.

AMME Der auch?

COUSINE Nur der.

AMME Wurst. Dabei haben die gar nicht zusammengepasst, ich meine, sie war eine schlitzäugige Reisfresserin und er ein englischer Biertrinker. Sie mit grünen Augenlidern wie eine ungarische Prostituierte und er mit diesen Harry Potter-Brillen.

VATER Nein. Weißt du, was das für eine ist?

MUTTER Lüge!

VATER Unser Streit reicht lang zurück, in eine Zeit, wo sich unsere Firmen noch in den Anfängen befanden, in der die Badewannenstöpselmanufakturen noch in den Kinderschuhen steckten. Ich weiß es noch genau wie heute, meine Hochzeit, deine Mutter kannte ihren Mann. Wie allen Gästen hab ich auch ihr das Du-Wort angeboten. Und die, diese hochgestochene Zicke, lehnt es ab. Vor allen Gästen hat sie mich blamiert bis auf die Knochen.

JULIA Das ist mir wurst.

VATER Schrei mich nicht an. Außerdem gehst du sofort in dein Zimmer und dort bleibst du dann für immer.

AMME Aber gemeinsam haben sie gesagt, give peace a

chance. Sie haben zwar nicht gesagt bis wann, aber … ich meine, wenn der MacKathi nicht in Oslip erschossen worden wäre von diesem Zigeunerhasser namens Harvey mit dem schlechten Horoskop, der wär vielleicht noch immer mit der gnomischen Reisfresserin zusammen und würd Grünen Tee trinken und vor japanischen Atomkraftwerken singen …

MUTTER Sicher nicht, dieses Subjekt kommt mir sicher nicht in die Familie. Und überhaupt.

VATER Sicher nicht, ich bin ein liberaler Mensch und ich liebe Klavier und lese gerne, nicht nur Sport, auch Bücher, ich bin politisch korrekt, kann nur zwei Dinge nicht ausstehen, die Engländer und die Dopingfahnder, die unsere Burschen anbrunzen, das ist doch das Letzte. Ich rauche nicht, esse kein Schweinefleisch, aber heiraten geht nicht. Aus dem verwöhnten Buben kann nichts werden. Ich will nicht, dass du den heiratest. Sicher nicht.

COUSINE Das kann nichts werden, das ist bei denen schon in den Genen drinnen. Eine Bassena heiraten? Sicher nicht. Ich setz mich doch nicht jede Woche mit denen zusammen und mach auf Familie. Der Romeo ist mir versprochen. Kommt, wir gehen.

Alle ab, Romeo und Julia werden gewaltsam getrennt

MUTTER Jetzt komm, ich weiß schließlich, was das Beste für dich ist.

VATER Und du geh auf dein Zimmer, Verräterin. Dort wirst du eingemauert.

BEICHTL O Herr, habe ein Einsehen mit deinen Schafen, und lass diese Bagage sich schleichen.

MUTTER Komm jetzt mit, sonst lass ich dich besachwalten.

AMME Mein Astralleib drängt hinaus. So muss ich fort von diesem energetisch schlechten Haus.

1. AKT, 4,
Auf Balkonien. Julia tritt auf den Balkon und singt

Lied, nach „I wanna be loved by you"

Ei, woana si verlauft mei Jung.
Grad du und niemand aus Wels, nur du.
Ei, woana si verlauft mei Jung, aloan,
Pooh pooh bee doo!
Ei, woana mi vermisst, mei Jung.
Grad du und niemand aus Wels, nur du.
Ei, woana mi vermisst mei Jung, aloan.

Ei kunnt net a Geier,
Oder irgend a Meier,
Mir zruckholn mein Freier?
Dann mecht ich nur sagen:
Paah-dum paah-dum doo bee dum, pooooo!
Ei, woana si verlauft mei Jung.
Grad du und niemand aus Wels, nur du.
Ei, woana si verlauft mei Jung, aloan.

Ei kunnt net a Geier,
Oder da Hermann Meier,
Mir zruckholn mein Freier?
Dann mecht ich nu sagen:
Paah-dum paah-dum doo bee dum, pooooo!

Sie spricht von Liebe und Romeo ritt hervor, sie verabreden sich zur Trauung

JULIA Ach Romeu. Wie leer und blöd mein Leben plötzlich ist. Wie ist mir alles eingeschrumpft? Was ist mein Ich noch ohne deinem Du? Was bin ich schon, ein Leib, durchströmt von Nahrung, Geschichten, Bildern, ein durchlässiges Netz, in dem nur Unrat sich verfängt und Leid, nichts, das so zu leben lohnt, nichts, das einen

Sinn ergibt. In einer richtigen Untergangsstimmung bin ich jetzt.

ROMEO Pst.

JULIA Romeu? Bin ich wahnsinnig? Erscheint mir der Ersehnte schon als Geist?

ROMEO Pst.

JULIA Lass dich berühren, Luftikus, auch wenn du nur Spiegelung aus Rauch und Nichts. Lass mich dich küssen, du Chimäre, auch wenn du nur ein Trugbild meines armen Hirns.

ROMEO Pst, sonst hört man uns.

JULIA Geister hört man nicht.

ROMEO Warum ein Geist? Ich bin so echt als du.

JULIA Romeu? Dann bist du's wirklich? Keine Spiegelung? Bist du wahnsinnig?

ROMEO Kurz hab ich nur Zeit, Julia, sei still, willst du die Meine werden, dann, ich schwör beim Mond.

JULIA Schwör nicht beim Mond, der ist so wandelbar, mal ist er groß und klar, dann wieder versteckt. Wenn du mich wirklich liebst, schwör bei dir selbst.

ROMEO Ich schwöre dir bei mir, bei uns, beim Universum, ewige Liebe – und dass ich jede Nacht 24 Mal über dich herfallen werd und dir alle Türln aufmach wie einem Adventkalender, bis du brennst wie ein Weihnachtsbaum und nicht mehr sitzen kannst. Wir werden niemals ein ältliches Paar, bei dem der Lendentrieb stockt und sich an den Hüften anlegt. Wir werden nie nebeneinander liegen und warten, dass der andere zuerst einschläft. Wir werden nie aussehen als kämen wir grad aus dem Spital, wir werden nie den Frust zu unserem Leben machen . . .

JULIA Ach Romeu.

ROMEO Ich werde dich auf Händen tragen.

JULIA Ach Romeu.

ROMEO Warum ist das so verdammt gut?

JULIA Weil es nicht erlaubt ist.

ROMEO Lang wird es nicht gehen. Alle sind sie gegen uns. Meine Familie, deine Familie. Die werden uns nie zusammen lassen.

JULIA Das ertrag ich nicht. Romeu! Ohne dich kann ich nicht mehr leben.

ROMEO Ich auch nicht. Darum brauchen wir einen Plan.

JULIA Wir können abhauen. Nach Italien. In die Po-Ebene. Ich wollte schon immer nach Verona.

ROMEO Und dann? Unter Brücken schlafen? Wie stellst du dir das vor?

JULIA Oder du entführst mich, kassierst Lösegeld und ...

ROMEO Und wenn sie mich erwischen?

JULIA Dann müssen wir unsere Eltern abkrageln.

ROMEO Pass auf, wir machen Folgendes ... er flüstert ... und dann ... und wenn das auch nichts nützt, können wir immer noch ...

JULIA Pst, versteck dich, da kommt wer.

VATER Julia, mein Kind, schau, ich bin der toleranteste Mensch auf Erden und nichts Menschliches ist mir fremd, aber diese Lavoirs, du musst das doch selbst einsehen. Das sind widerliche rückständige Menschen, die vor nichts zurückschrecken. Schleichen sich hier ein, ... wenn man nicht aufpasst, liegen die schon im Bett und machen sich breit. *Er stützt sich auf den versteckten Romeo, ohne es zu merken*

JULIA *drängt ihn weg* Ach, Papa, Sie und Ihre seltsamen Ideen. Wie soll sich hier wer einschleichen?

VATER Denen ist alles zuzutrauen. Schau, ich persönlich habe immer nur die eine Angst gehabt, dein Bräutigam könnte mir gefallen. Und tatsächlich, er gefällt mir, aber er ist ein Lavoir. Dabei habe ich gar nichts gegen eure Beziehung, meinetwegen sollst du ihn ruhig haben, deinen Romeo. Aber das darf natürlich niemand wissen, sonst bin ich blamiert. Ich hab mir also etwas überlegt, du *er schläft ein und gibt in weiterer Folge immer wieder Schnarchgeräusche von sich*

ROMEO Ist er weg?
JULIA Nein, er schläft.
ROMEO Er schläft?
JULIA Er hat eine nicht behandelte Diabetes, deshalb schläft er immer ein.
ROMEO Ich will dich. Jetzt sofort. Komm her.
JULIA Ach Romeu. Ich will dich auch.
ROMEO Jetzt komm.
JULIA Hier vor meinem Papa?
ROMEO Warum nicht?
JULIA Und wenn er aufwacht?
ROMEO Was soll sein?
JULIA Seit ich sieben war, hat er mich nicht mehr nackt gesehen.
ROMEO Davon stirbt man nicht.
JULIA Pst. Da kommt schon wieder wer. Schnell versteck dich.
ROMEO Ja, bin ich denn ein Osterei?
JULIA Schnell, da rein.
BEICHTL Julia? Du stehst auf dem Balkon und jaulst den Mond an? Bist du krank?
JULIA Nur ein bisschen schwach.
BEICHTL Was ist mit deinem Vater? Schläft er? *Der Vater schnarcht laut, Beichtl zum Vater* Ja, wenn wir das früher gewusst hätten. Schau, Julia. Ich kann dich durchaus verstehen. Auch ich war einmal jung. Ich hab auch nichts gegen deinen Romeo. Nur darf das niemand wissen, sonst bin ich blamiert. *Der Vater schnarcht laut* Ja, das sag ich auch immer. Ich hab also einen Plan ersonnen. Du brauchst ein Kind, dann müssen sie eure Beziehung legalisieren. Nun wachsen Kinder aber nicht auf Bäumen, du wirst gewiss einsehen, dass es unmöglich ist, den Romeo sooft heimlich zu treffen, bis du schwanger wirst. Das geht nicht. Du brauchst also einen Samenspender. Einen, der keine Ansprüche stellt, immer bereit ist. *Der Vater schnarcht laut* Ja,

das meine ich. Was läge also näher als ...? Um es kurz zu machen, ich wäre bereit, mein Keuschheitsgelübde hintanzustellen, meinem Zölibat Lebwohl zu sagen, um dir mit Wollust mit meinem Mödling in die Klagenfurt zu fahren, bis du Villach, Villach schreist ...

ROMEO Das tät dir so passen, du geiler alter Bock.

BEICHTL Romeo? Woher? Aber ich habe es doch gut gemeint.

ROMEO Du perverser alter Drecksack, du geiler ... ich werd dir gleich dein Villach geben, das bei mir Wimsbach-Neydharting heißt. Du Mistelbach. Du Pressbaum. Fladnitz du.

VATER Was ist denn los? Was schreit ihr so?

BEICHTL Der hat sich eingeschlichen, deine Tochter zu entführen.

VATER Einbrecher? Ich ruf die Polizei.

ROMEO Fangt mich doch! *Läuft davon*

VATER *zur Julia* Und du, schau nicht so deppert.

BEICHTL Genau. Du bist an allem schuld.

1. AKT, 5,
Kampf, Serafin imitiert die Lavoirs

SERAFIN De Lavoir? Pha. Wollen uns die integrierten Badewannenstöpseln verbieten. Warum? Weil sie um das Niveau fürchten, um die Badekultur. Diese Spießer mit dem Stock im Arsch, den sie Noblesse nennen. Wie die schon gehen. Küss das Bratzerl, gib das Pfoterl, hoch das Naserl. Bussi, Bussi. *Imitiert die Canale* So etwas verletzt unseren Stolz, damit Sie es nur wissen. Wir sind schließlich etwas Besseres, wofür andere sich nur halten. Und wenn uns mal ein Schas entfleucht, wird dort gleich ein Luftkurort gebaut. Seins so gut, auch noch empfindlich zu sein. Wie die dreinschauen, diese eingebildeten, aufgequastelten, hochgestochenen, überkandidelten ...

CLAUDIA Hallo Prolo, es ist doch in Ordnung, wenn ich Prolo zu dir sage.

SERAFIN Ja. Du Sel-Sel-Sel ...

CLAUDIA Selber.

SERAFIN Du Selbstherrliche schau-schaust dich nur in den Spie-spiegel.

CLAUDIA Da seh ich wenigstens was Gescheites. Während, wenn du in den Spiegel schaust, geht er zur Gewerkschaft und beschwert sich. So einer wie du lebt nach dem Grundsatz homo sum, wie der Lateiner sagt, was auf Deutsch so viel heißt wie der Mensch ist ein Surm. Du bist wie einer, der zum Doktor geht und sagt: Mein Bekannter leidet unter erektiler Dysfunktion, aber oben und unten.

SERAFIN Und jetzt zu mir, du menschliche Ruine, du Trabant deiner selbst. Inzucht macht blöd und kurzsichtig und fett.

CLAUDIA Und sto-sto-stotternd.

SERAFIN Fre-fre-frechheit. Wenn du nicht selbst genug mit dir geschlagen wärst, zerhauert ich dich auf Faschiertes.

CLAUDIA Dir ist wohl s Reisfleisch zu Kopf gestiegen, weil's dich so reißt. Glaubst, ich prügel mich? *Sie zieht einen Degen, beginnt zu fechten*

SERAFIN Ich bin wenigstens bodenstämmig, aber du Klogeburt.

CLAUDIA Du ungebildeter Kopfschüssler, du wandelnde Hirnthrombose, der den Unterschied zwischen einer Geschäftsfrau und einer, die Badewannenstöpsel fabriziert, nicht kennt.

SERAFIN Deine Eltern haben Viagra mit Activia vertauscht, was herausgekommen ist, haben sie für ihr Kind gehalten, du Stück Scheiße.

CLAUDIA Welch Pöbelhaftigkeit, dass dir nicht vor dir selber graust.

ROMEO Schluss! Hört sofort auf!

CLAUDIA Romeo? Misch dich nicht ein.

ROMEO Serafin, ich bitte dich, jetzt sind die Umständ andere, unsere Familien schon fast verwandt. Was ich vorher noch mit Skrupel nur benannt, ist mir jetzt nah. Was mir noch kurz zuvor ein Gräuel, ist mir plötzlich angenehm.

SERAFIN Ist das deine Art, Feigheit zu kaschieren?

ROMEO Ich bitte dich, lass ab. Halt ein.

SERAFIN Soll ich vielleicht Freundschaft schließen mit dieser da?

ROMEO Gut, die Claudia ist penetrant, oder freundlich ausgedrückt, sehr intensiv, aber in ihrem Herzen steckt ein guter Kern.

CLAUDIA Halts Maul.

ROMEO Claudia, Cousine, hör du mir zu, meine Verbindung mit Julia ist bald schon legitim, vorerst bereits intim.

SERAFIN Ich mach Girlanden aus deine Därm, wenn du meine Julia verdorben hast.

ROMEO Was heißt verdorben, sie ist kein Lebensmittel, hat kein Ablaufdatum. Eine Julia ist unverderblich.

CLAUDIA Romeo, warum vergisst du sie sie nicht einfach? Mach eine Reise nach Bailys, das ist die Hauptstadt von Indien. Nach Ballaballa oder auf die Grenadiermarschinseln? Wenn du so weitermachst, bringst du uns noch in die Soße, zu der die Gebildeten Tunke sagen. Alles gleich? Alle lieb? Aber der Mensch ist nicht lieb, nicht wenn er ein Prolo ist . . .

Serafin nützt die Ablenkung durch Romeo aus und tötet Claudia, ein Blutschwall spritzt aus ihr heraus

CLAUDIA Ahhh – das war nicht fair, ich war abgelenkt. Wiederholung! Quo vadis, weil's sonst fad is. Mir, mir wird so flau, ich hab das Gefühl, man hat mich verprügelt. Kann jetzt jeden Knochen spüren, sonst weiß ich gar nicht, dass ich welche hab. Ich glaub, ich fahre in den Orbit, das ist Englisch und heißt Öhrchenbiss, und dabei hat mir mein Horoskop versprochen, dass ich heuer durchstarte. Und das ausgerechnet jetzt, wo meine Sänfte in der Kurzparkzone steht. Das gibt eine saftige Strafe. Ich muss noch umparken, sonst werd ich abgeschleppt. Der Parkschein läuft in zehn Minuten ab und diese Verbrecher, diese Ausbeuter, die einen ausquetschen bis aufs Blut, dieses ganze korrupte Magistrat ... eine Garage müsst man haben, hab ich immer schon gesagt ... wer eine Sänfte hat, ist der Trottel der Nation, nomen est omen ... *Stirbt.*

ROMEO *tötet Serafin* Wahnsinniger! Was hast du angestellt. Du Mörder. Du unmoralische Bestie, du Unmensch. Wie kannst du nur?

SERAFIN Ahhh. Du. Das war gemein. Ich verfluche eure depperten Familien und euren blödsinnigen Streit, ihr Badewannenstöpsler ...

ROMEO Ich Irrsinniger! Was? Das ist mir ausgekommen. Entschuldigung, das wollt ich nicht. Du, Serafin, ich würd dir ja gern helfen, aber, wenn das ruchbar wird, dann sperrt man mich ein, gut, ich hab in Notwehr gehandelt, aber Totschlag, zwölf Jahr, bei guter Führung acht, wenn ich wen besteche, sechs. Sechs Jahr. Jetzt, wo mein Herz nur schlägt für Julia. 75 Schläge in der Minute, das sind 4.500 Schläge pro Minute, 108.000 Pumperer am Tag, fast 40 Millionen im Jahr. 236 Millionen Herzschläge umsonst. Das ist zu viel. Ich muss fliehen.

SERAFIN *singt seinTodeslied*

Lied, „Hier kam da Moan" nach „Here comes the sun"

Hier kam da Moan, hier kam da Moan,
Der sagt, it's all right.

Bisserl doling, i bin a langer, kalter, bleder Winter.
Bisserl doling, es kost, i gspiers, Zins, Witz, bin hier.
Hier kam da Moan, hier kam da Moan,

Der schwarze,
Der sagt, it's all right.
Bisserl doling, des schmeißt mi zruck bis zu der Basis.
Bisserl doling, es kost, i gspiers, Zins, Witz, bin hier.
Hier kam da Moan, hier kam da Moan,
Der schwarze,
Der sagt, it's all right.

Moan, Moan, Moan, hier er kummt.
Moan, Moan, Moan, hier er kummt.
Moan, Moan, Moan, hier er kummt.
Moan, Moan, Moan, hier er kummt.
Moan, Moan, Moan, hier er kummt.
Moan, Moan, Moan, hier er kummt.
Der schwarze Kunt.

Bisserl doling, i fühl, der Scheiß is ohne Mitleid.
Bisserl doling, es kost, i gspiers, Zins, Witz, bin kirr hier.
Hier kam da Moan, hier kam da Moan,
Der schwarze Hund,
Der sagt, it's all right,

It's all right.

1. AKT, 6

JULIA Was ist geschehen? Schreie hörte ich. Tumult? Habt ihr Romeu gesehen?

BEICHTL *schon über den toten Serafin gebeugt* Hör mir auf mit dem, mit diesem Mörder.

JULIA Mörder? Mein Romeu? Alles was der je ermorden kann ist meine Einsamkeit, meine Angst vor Beziehungen. Mein Romeu ist ein Kavalier, der zärtlichste Mensch auf Erden - im Gegensatz zu dir, aber doch kein Mörder.

BEICHTL Du liebst ihn nicht, das bildest du dir ein, weil du Liebe mit Besitz verwechselst. Und jetzt verschwind.

JULIA Was ist mit Serafin?

BEICHTL Reiß o.

JULIA Aber?

BEICHTL Ja, siehst du wirklich nicht? Im Gesicht ist er grau wie Beton. Das Blut in seinen Adern fließt nicht mehr. Sein letzter Atemzug ist schon getan.

JULIA Ist er?

BEICHTL Sein Fleisch ist schwer und nicht mehr auf Bewegung aus, seine Augen trüb wie ein ungeputztes Aquarium.

JULIA Ist er?

BEICHTL Ja! Verdammt. Er ist tot, hin, charlie, meier, gaga, paterre. Siehst du nicht, wie ein trauernder Vater über seinen ihm vorausgeeilten Sohn gebeugt nichts anderes als stammeln kann? Was gibt es Schlimmeres, als wenn der letzte Ast abbricht, der Stamm aber noch lebt. Was gibt es Schlimmeres als . . .

JULIA Wieso? Dann ist der Serafin?

BEICHTL Mein Sohn, jawohl. Julia, komm her. Wenn du jetzt fragst, wie das mit meinem Gelübde zusammengeht, Geliebte und Gelübde, kann ich nur sagen, bei der Sünde kommt es auf die böse Absicht an, einzig auf die böse Absicht, deshalb bin ich unschuldig. Im Gegensatz zu deinem Romeo, dieser Antichrist hat ihn ermordet. Absichtlich!

JULIA Nein.

BEICHTL Und dafür kommt er aufs Schafott und nachher in die Hölle. Nie wieder wirst du ihn sehen. *Er geht mit seinem toten Sohn, der dabei furzt, ab*

JULIA Das ist ja entsetzlich. Romeu. Ich versteh nicht, warum der Tod nicht wie ein Urlaub ist, man nach zwei, drei Wochen wiederkommt.

ROMEO Liebste?

JULIA Romeu.

ROMEO Ich brauch dich. Jetzt sofort.

JULIA Pater Beichtl hat gesagt, du hast den Serafin . . .

ROMEO Dieser Angstmacherverein, die wollen doch nur zeigen, dass es eine nach Schwefel und faulen Eiern riechende Hölle gibt.

JULIA Aber es stimmt? Du hast den Serafin kalt gemacht.

ROMEO Wenn man mich erwischt, ist alles aus.

JULIA Ach Geliebter. Wenn ich dich sehe, sehe ich Grabestiefe, feuchte Erde, Moder. Es ist, als wären in meinem Kopf lauter Glasscherben.

ROMEO Komm, jetzt lass uns Fiebermessen.

JULIA Hier?

ROMEO Wir gehen schnell zu dir.

Romeo und Julia kommen endlich ins Bett und singen

Lied, nach „Je t'aime"

Schalt ein. Schalt ein.
Ah ja, schalt ein,
Knips mi an,
Ja, da am Uhr,
Komm, da greif her, s guat
Schanell, schanell, s wird bald hell,
Da greif mi an,
Und da,
I gspier's, i muss rein.
Schalt ein, schalt ein,
Oh ja, schalt ein.
Ja, drah mi auf,
Hauch, ja, da am Uhr,
Tu es langsam, lass da Zeit,
Mach's zart und mach's glei,
Da greif rein,
Mach's zart und mach's glei,
Da greif rein
Und da,

Bald bin i soweit, schalt ein, schalt ein,
Knips mi an,
Ja, da am Uhr,
Da greif her, s guat,
Schanell, schanell, s wird bald hell,
Da greif rein,
Und da,
Net reden,
Tua's schon, jetzt tua's,
Steck es mir rein,
Tua's schon, jetzt tua's,
Seck es mir rein,
Und ja,
I gspier's, schalt ein, schalt ein,
Ah, ja, schalt ein.
Na, schalt aus.
Das Licht. Mach's aus.
Bitte. Ja. Schalt aus.

PAUSE

1. AKT, 7
Julia und Romeo im Bett

JULIA Willst du schon gehen? Das Licht ist nicht das Tageslicht, es ist ein Verweile-noch, ein Bleib-noch-da, ein Kriech-noch-mal-in-meine-Höhle-, ein Einmal-noch-Fiebermessen-Licht.

ROMEO Hörst du nicht die Hähne krähen, Schreie, die wie Eier aus den Hühnern tropfen? Siehst du nicht die Sonne voll und fett am Horizont schon stehen, riechst du nicht den Brotgeruch, hörst du denn nicht die Kaffeemaschin und wie sich die Kipferl in die warme Milch tunken?

JULIA Lass uns doch noch einmal . . .

ROMEO Wir haben die ganze Nacht nichts anderes getan als Fiebermessen. Selbst das Kirschenholz des Bettes ist weichgeklopft.

JULIA Das ist Lärche.

ROMEO Ach egal.

JULIA Draußen scheint die gleiche Sonne auf die gleichen Häuser, in denen die gleichen Menschen wohnen. In den gleichen Bäumen jubilieren die gleichen Vögel. Die gleichen Zimmerleute feiern ihre Gleichenfeiern und die gleichen Totengräber graben die gleichen Leichen ein. Sogar die Wolken gleichen sich. Alles gleich und gleicher. Nur ich bin völlig anders, eine andere, wie ausgewechselt. Das ist die Gleichung zwischen Ich und Du. Und ja, es geht sich aus.

ROMEO Wir brauchen einen Plan, etwas, das uns so sehr aneinanderkettet, dass niemand mehr uns trennen kann.

JULIA Ich sage, ich bin schwanger.

ROMEO Sie werden dich auf den Fleischmarkt zwingen, in eine Klinik zerren.

JULIA Ich werd sagen, ich bin verrückt.

ROMEO Das glauben die auch so.

Julia-Rufe des Vaters.

ROMEO Pst, da kommt wer.

JULIA Schnell, versteck dich. *Romeo kriecht unter die Decke*

VATER Julia! Bist du schon wach, mein Kind. Hat dich der Morgentau bereits benetzt? Hat dich der Hahnenschrei aufgesetzt? *Er setzt sich an ihr Bett, ist über Romeo darunter verwundert, bemerkt ihn aber nicht, sondern hält ihn für Teile Julias, vielleicht kitzelt er auch seine Füße, die er für die ihren hält* Ich hab die ganze Nacht kein Auge zugetan. Mir war, als hörte ich dich schreien: Ahh ahhh, ahhh. Es war grauenvoll, als ob du sterben müsstest. Ahh ahhh, ahhh. Aber nein, du lebst und deine Wangen glänzen. Ich habe mir also alles überlegt, bin hin und her geschwankt zwischen physischer Vernichtung und Vergebung.

JULIA Papa, wenn Sie glauben, Sie können mir den Kopf aufdrehen und den Romeu herausschrauben, dann haben Sie sich getäuscht.

VATER Ruhe. Du hast hervorstechende Eigenschaften, die sich nicht mehr leugnen lassen, also wird mir nichts anderes übrig bleiben, als zu akzeptieren, dass ich dich über kurz oder lang oder lang oder kurz an einen anderen mit einem Längeren oder Kürzeren abtreten muss. Wenn ich ehrlich bin, ist mir dieser Romeo gar nicht unsympathisch. Er ist fesch. Widersprich mir nicht. Bisschen naiv. Das passt zu dir. Keine Widerrede. Aber er ist ein Lavoir, unserer beider Clans werden dem nie zustimmen. Niemals. Diese bornierten engstirnigen Deppen. Man muss sie wachrütteln. Und ich weiß auch schon wie. Rohypnol. Ich habe hier zwei Pillen *für sich* von Bulimio, aber das musst du gar nicht wissen, *wieder normal* für jeden von euch eine. Wenn ihr sie schluckt, seid ihr für Stunden außer Gefecht gesetzt, scheinbar tot. Eine schluckst du und eine er. Uahhh. Auf keinen Fall darf einer von euch beide schlucken. Zwei sind tödlich. Hast du mich verstanden? *Er schläft ein* Jeder nur eine.

ROMEO Ist er schon weg?

JULIA Er schläft. Diese Pillen hat er mir gegeben, wir sollen jeder eine schlucken.

ROMEO Das ist eine Falle.

Vater schnarcht

ROMEO Siehst du.

Vater schnarcht verneinend

ROMEO Und ich sage doch.

Beichtls Stimme ruft Julia

JULIA Pst, da kommt schon wieder wer. Versteck dich.

ROMEO Immer verstecken, verstecken, das ist . . . ich komm mir vor wie eine Stiftung in Liechtenstein.

JULIA Pst.

BEICHTL Ist er bei dir?

JULIA Wer denn?

BEICHTL Wer wohl? Romeo! Die Polizei hat die ganze Stadt nach ihm durchkämmt. Steckbriefe sind ausgehängt, bald hängt auch er.

Vater schnarcht

BEICHTL Dich hab ich nicht gefragt. Er ist ein Mörder. Widersprich nicht. Wenn er noch lebt, wird man ihn erwischen und dann geht's aufs Schafott, Ratzfatz – und wenn er schon tot sein sollte, auch. Sein Kopf ist fällig. Hier geschehe Beichtls Wille.

Vater schnarcht

BEICHTL Ruhe.

JULIA Ich weiß nicht.

BEICHTL Du weißt am besten, dass es keinen Menschen gibt, der Lüge und Betrug so hasst wie ich.

JULIA Ich weiß nicht mehr, was ich tun soll. Draußen stehen gold umrandete Wolken wie Puzzleteile eines nie fertig werdenden Bildes und mir ist . . .

BEICHTL Wie wäre es mit einem Zwiegespräch mit Gott, beichten, mein Kind.

Vater schnarcht

BEICHTL Ruhe.

JULIA Wie steht es mit deinem Berufsgeheimnis vor dir selbst.

BEICHTL Beichtgeheimnis. Beichtlgeheimnis. Der Priester in mir hält dicht wie Tupperware. Ich selbst habe schon oft versucht, ihm was herauszulocken. Aber keine Chance.

JULIA Gut, so lass mich beichten, vielleicht hilft es mir.

Vater schnarcht, Romeo räuspert sich

BEICHTL Ruhe. Im Namen des Vaters und des Sohnes und des heiligen Geistes . . . Wann war deine letzte Beichte?

JULIA Vor zwei Wochen.

Vater schnarcht, Romeo räuspert sich

BEICHTL Ruhe! Was sind deine Sünden, mein Kind?

JULIA Ich habe mich getraut.

BEICHTL Mut ist keine Sünde.

JULIA Ich habe mich getraut zu trauen. Ich bin in den Stand der Ehe eingetreten.

Vater schnarcht, Romeo räuspert sich

BEICHTL Ruhe. Was?

JULIA Und ich habe den Bund bereits vollzogen.

BEICHTL Unmöglich. Wann? Wo? Wie? Du weißt ja gar nicht, wie das geht.

JULIA Hier. Die ganze Nacht. Aber es kommt noch schlimmer, während ich hier beichte, halte ich meinen Gatten unter meiner Bettdecke versteckt.

BEICHTL Das ist nicht wahr. Du willst mich vergattern, mich prüfen.

JULIA Nein, er liegt hier unter meiner Decke und beißt mich gerade in die Untergatti.

BEICHTL Hör auf mit diesem Untergatti-Gatten. Julia! Jetzt habe ich deine Faxen aber satt. Bei der Beichte lügt man nicht.

JULIA Aber es stimmt.

BEICHTL Es stimmt bestimmt nicht, du würdest es nicht wagen.

JULIA Und du musst mir verzeihen, weil du mir die Beichte abnimmst.

BEICHTL Also doch. Du bist tatsächlich so ein hinterhältiges Luder, dich hier mit dem Mörder deines Großcousins zu verlustieren, und darauf zu hoffen, dass dir vergeben wird. Von mir, deinem lieben, gutmütigen, großherzigen Onkel Bulimio. *Brüllt* Einen Scheißdreck muss ich. Er hat meinen Sohn auf dem Gewissen. Das ist unverzeihlich. *Er reißt die Decke weg, sieht Romeo* Hab ich dich, Halunke. Polizei. Schnappt den Mörder. Polizei. *Romeo flieht* Dageblieben. Polizei. Polizei. Mein Beichtgeheimnis rennt davon. Haltet ihn. Zurück!

VATER Was ist denn los?

BEICHTL Was los ist? Ich werd dir sagen, was hier los ist . . . ein vergackerter Mörder! Ein Julia-Gatte!

JULIA Romeu! Bleib da!

VATER Julia. Mein Kind, wo willst du hin?
Beide laufen Romeo nach

Amme singt Lied, nach „Jailhouse Rock"

I war auf ana Party nur in Margareten schnell,
Hat a bisserl länger dauert, weil es is schon hell,
De Leit san ghupft und die Musik war in,
Für jeden war a Rausch und a a Fetzen drin.
S war stark, s war wirklich stark,
Jeder durt im Freihausblock
Wollt schauen mir untern Rock.

I aber steh ja mehr auf Schwingungen und Mond und Sonn
Brauch jeden Tag Tai Chi oder Qi Gong
Weil i so derart an meim Pendel häng,
Wird's ma in ana Jeans schnell z'eng.
S war stark, s war wirklich stark,
Jeder durt im Freihausblock
Wollt schauen mir untern Rock.
A wann i täglich meditier und heimlich auf mein Guru steh,
Bleib i doch lieber bei meim Yogi-Tee.
Wann i dann die Erleuchtung spür im Knie,
Tanz i nackt den Regenwaldtanz nur für mi.
S war stark, s war wirklich stark,
Jeder durt im Freihausblock
Wollt schauen mir untern Rock.

I hab gmacht Weichteilyoga, Rückführung schon,
Und wünsch mir so, dass amoil i in Indien wohn.
Bei mir hüft Hata, Pita, Reiki sehr,
Weil i so aufs Kamasutra schwör.
S war stark, s war wirklich stark,
Jeder durt im Freihausblock
Wollt schauen mir untern Rock.

Drum is innere Reinigung der anzig wahre Weg,
Und ich mir drum sofort die Füße pfleg.
I bin für jedes Karma offen,
Nur den Erleuchteten hab i immer nu net getroffen.
S war stark, s war wirklich stark,
Jeder durt im Freihausblock
Wollt schauen mir unterm Rock,
Wollt schauen mir unterm Rock,
Jeder durt im Freihausblock
Wollt schauen mir unterm Rock,
Wollt schauen mir unterm Rock.

AMME Julia? Bist du da, mein Kind? Julia, ich bin es, Maresa Milli Pitsch Milichmayer, die Amme Romeos. Julia? Wo versteckst du dich. *Sie sieht Beichtl und erschrickt, schreit*

BEICHTL Was schreien Sie denn so, Sie Kuh. Sind die Milchpreise gefallen?

AMME Für einen Moment dachte ich, Sie wären . . .

BEICHTL Der Schlachter? Ein Molkereibediensteter? Oder ein elektrischer Kuhdraht?

AMME Die Julia. Und da hab ich mir vorstellen müssen, wie der arme Romeo mit Ihnen zum Altar schreitet – das war kein schönes Bild, gar kein schönes Bild. Über kurz oder lang wird zwar auch die Julia so aussehen, aber das will man heute noch nicht wissen.

BEICHTL Was wollen Sie? Wer hat Sie rein gelassen, Sie Milchschnitte.

AMME Was werd ich wollen können? Feng Shui? Qi Gong? Kung Fu? Wenig Peng? Vermitteln will ich. Weil mir der Romeo leid tut, die Julia. Das sind junge Leut mit einem guten Karma. Soll ich ihn umsonst genährt haben an meiner Brust? Da hätte man auch Milupa nehmen können. Ich hab mich also trotz Heilfastens aufgemacht, um mit Julia . . .

BEICHTL Romeo ist ein Mörder.

AMME Na und? Alle Fleischfresser sind Mörder.

BEICHTL Romeo hat einen Menschen umgebracht.

AMME Das steht nicht in seinem Horoskop. Ich bin überzeugt von seiner Unschuld. Und Sie? Was machen Sie im Schlafgemach der Julia. Riechen Sie vielleicht heimlich an ihrer Wäsche, an die Sie ihr insgeheim gehen wollen? Sie sind mir unheimlich.

BEICHTL Unsinn. Ich. Wie reden Sie mit mir?

AMME Sie sollten auch einmal heilfasten, das entschlackt, auch den Kopf. Heilfasten befreit, man wird so richtig durchgeputzt . . . Schönen Anzug haben Sie. Vom Lambert Hofer?

BEICHTL Nur vom Hofer.

AMME Fesch.

BEICHTL Sie wollen Romeo doch retten?

AMME Alles würd ich für ihn tun.

BEICHTL Alles? Dann geben sie ihm diese Pillen.

AMME Was ist das? Was Homöopathisches?

BEICHTL Nein, kein Klopulli. Wenn er die nimmt, wird er für tot erklärt.

AMME Soll ich ihn vergiften?

BEICHTL Aber nein. Ein paar Stunden später wacht er wieder auf.

AMME Und in der Zwischenzeit bringen wir ihn aus der Stadt, erklären ihn für tot, Julia kommt nach. Sie! Sie sind genial. Und auch so gütig. Und dabei hatte ich so eine schlechte Meinung über Sie. Ich hab Sie gehalten für einen widerlichen, egoistischen Heuchler, einen, der über Leichen geht. Dabei hab ich Sie komplett verkannt. Jetzt sind Sie mir direkt männlich, fast sympathisch. *Ab*

BEICHTL Ich muss ihr ja nicht sagen, dass er dann im Himmel aufwacht. Rindvieh.

MUTTER Julia. Pst. Julia. Sie sieht den Pfarrer, schreit.

BEICHTL Sie? Sie hätte ich hier am wenigsten erwartet.

MUTTER Sie mich auch. Ich meine, ich Sie auch.

BEICHTL Was wollen Sie?

MUTTER Die Julia.

BEICHTL Die ist in Sachen Gatten in der Untergatti unterwegs.

MUTTER Hören Sie, der Romeo wird des Mordes beschuldigt. Man sucht ihn.

BEICHTL Was haben wir damit zu tun?

MUTTER Man wird ihn verurteilen. Die Justiz in diesem Land ist blind, Verbrecher laufen frei herum, weil die Unschuldsvermutung gilt, aber unschuldige Unfallopfer sperrt man ein.

BEICHTL Unfallopfer?

MUTTER Widersprechen Sie mir nicht, sonst schlage ich zu.

BEICHTL Nur immer mit der Ruhe.

MUTTER Er braucht ein Alibi. Julia muss aussagen, er war zum Tatzeitpunkt bei ihr.

BEICHTL Den Teufel wird sie tun.

MUTTER Dafür willige ich in ihre Hochzeit ein. Sehen Sie, ich bin kein schlechter Mensch.

BEICHTL Warum sollte Julia einen Mörder heiraten?

MUTTER Weil ich ihnen das Geschäft überschreibe.

BEICHTL Julia macht sich nichts aus Badewannenstöpseln.

MUTTER Und wenn sie sich aus Stöpseln etwas macht? Warum sonst verliebt sie sich in meinen Sohn? Hören Sie, ich bin verzweifelt, mache alles. Ich flehe Sie an, Julia muss aussagen. Sonst bin ich verloren.

BEICHTL Das Armenhaus hat zu wenig Betten, die Tagesstätten für die Betreuungsbedürftigen sind zu klein, der Mission fehlt Geld, die Kirchenglocken sind zu klein, und da soll ich mich für eine Lüge stark machen. Ich denk darüber nach, aber zum Denken braucht man Geld.

MUTTER Wie viel wollen Sie?

BEICHTL Wir hatten viele Austritte in letzter Zeit, und Fehltritte, da wäre es gut, wenn wieder mal etwas herein käme.

MUTTER Wie viel?
BEICHTL Eine Million.
MUTTER Sind sie verrückt. Gewissen haben Sie gar keines?
BEICHTL Gewissheit gibt es nicht, nur Gelegenheit.
MUTTER Eine Million? Das ist mehr, als ich aus meinem Kind jemals herausprügeln kann. Aber was bleibt mir anderes übrig.
BEICHTL Wie weit könnte ich sein, wenn ich nicht so ehrlich wär. Ich bin schon über 40 und hab noch nie einen Burnout gehabt.
MUTTER Und dafür soll ich brennen?
Beide ab, Beichtl singt dabei

Lied nach „Walk on the wild side"

Olle kumans mit de selben Schmäh,
Sagen sie waren groß im Ois-Verstehn,
Janan i bin blind, war ehna Weh,
Gehen zur Beicht und wolln a Pülln,

Und i sag, Kinder, da habts ihr eich z'fruah gfreit,
Heast Schanis, der Rock is eich vül z'weit.
Da ken i wen, a Braut und ihrn Beiwagn,
In Gedanken san se längst verheirat,
Aber de wissen net wias geht,
Ne amoil, wann's ehna steht.
I sag, Kinder, da habts ihr eich z'fruah gfreit.
Heast Putzerln, der Rock is eich vül z'weit.
Und de Engerl singen *mit erhobenem Zeigefinger* Tu tutu . . .

De de Lavoir glaubt glatt, sie war nu sche,
Schnirt sie ois, was hat, in d Heh.
Botox da und aufgspritzt hier,
Und in die Augen da sitzt die Gier,

Und i sag, Kindal, der Rock is da vül z'weit.
Heast Urschel, der Rock is da vül z'weit.
Sogar d Milli Pitsch woilt was machen für de Kids,
Schaut sie nach Solutions um, sucht an Hit,
Geht glatt zum Bulimio,
Und nimmt seine Pillen no, no, no.

Und i sag, Kindal, da hast du di z'fruah gfreit.
Und i sag, heast Milli, der Rock is da vül z'weit.
Gscheid! Ha!
Da Bassena verschlaft olles, oje,
Schnarcht wia da James Dean, ohne Schmäh,
A er hat Pillen in da Wäsch,
Glaubt, damit wird alles fesch.
Und i sag, Kindal, da hast du di z'fruah gfreit.
Und i sag, heast Oida, der Rock is da vül z'weit.
Und de Engerl singen *mit erhobenem Zeigefinger* Tu tutu . . .

1 AKT, 8

JULIA *kommt zurück, entsetzt, weil sie Romeo nicht gefunden hat* Es ist entsetzlich. Romeu ist nirgendwu. Ich wünschte, nie geboren zu sein. Ach bitte, lieber Gott, nimm mir diesen Mann nicht weg. Heilige Maria Mutter Gottes, bitte hilf, dass alles gut wird. Lass diesen Mordverdacht als unrichtig erscheinen, mach, dass unsere Familien sich vertragen. Bitte, lieber Gott, lass uns glücklich werden. Und wenn du schon dabei bist, lass auch meine Brüste wachsen, mach die Haut um meine Schenkel straffer, und diese blöden Pickel brauch ich auch nicht. Mach mich zehn Zentimeter größer und schenk mir eine neue Handtasche von Hermes, eine Kelly. Dann bräucht ich noch ein paar Kleider, ein Parfüm, Schuhe von Armani, Lippenstift von Chanel . . .

BEICHTL Julia?

JULIA Ich hab gerade gebetet – und wen schickt mir Gott? Pater Bulimio.

BEICHTL Julia, hör mir zu. Romeo ist geflohen. Er wird niemals wiederkehren. Jetzt bleibt nur noch eins.

JULIA Beten?

BEICHTL Das wird nichts nützen. Ihr müsst für eure Liebe alles geben. Alle sind gegen euch. Alle.

JULIA Komisch, hier riecht es so nach Lavoir. War jemand hier?

BEICHTL Niemand.

JULIA Nicht einmal Romeus Mutter? Und auch nicht seine Amme.

BEICHTL Die würden niemals kommen, schon gar nicht hierher. Sind doch alle gegen euch. Die sind starrsinnig, geben nicht nach. Das einzige, was Menschen wirklich verändert, sind Katastrophen.

JULIA Was willst du damit sagen? Soll ich ein Erdbeben erflehen? Oder ein Hochwasser? Wir haben hier nicht einmal einen Vulkan, nur den 13A. Früher haben mir die Fahrgäste vom ersten Stock beim Zimmer reingeschaut, aber seit die umgestellt haben auf Niederflurbetrieb.

BEICHTL Stell dir vor das Leben nach dem Tod. Keine Arbeitslosigkeit, keinen Hunger, keine Steuern, keine Skandale, keine grauenvollen Fußballspiele . . .

JULIA Soll ich mich umbringen?

BEICHTL Das hab ich nicht gesagt.

JULIA Wenn es sonst keine Möglichkeit mehr gibt für mich und Romeu . . .

BEICHTL Na, bringst dich halt um.

JULIA Du. Ich mach es wirklich.

BEICHTL Das schau ich mir an. Was ist? Wir wohnen doch so nahe neben der Donau, in der man sich so wunderbar ertränken kann. Die ganze Stadt ist voller Hochhäuser, von denen sich schön springen lässt. Man kann auch auf der Autobahn spazieren oder mit

Starkstrom hantieren. Wie bringst du es nur fertig, all diesen Versuchungen zu widerstehen? *Ab* Du kannst auch warten, bis der Bau der U-Bahn fertig ist und dich dann davor werfen – wenn du nicht davor an Altersschwäche stirbst. *Für sich* Warum soll mein Bruder, diese Schlaftablette, immer Glück haben. Studieren, das Geschäft, schöne Tochter . . . Und ich?

JULIA Dann bring ich mich um. Aber ich hab das nicht drauf, das Draufgehen. Ich könnte es nicht überleben. Nur, was ich mir vornehm, das mach ich, auch wenn es nicht vornehm ist, ich mache es. Jawohl, ich suizidiere mich selbst vor meine Schöpfung. Ich kapituliere.

COUSINE Nicht Julia, im Tod ist es kalt, dass man an den Wolken festfriert.

SERAFIN Und es gibt auch nichts zu essen. Und kein Fernsehen, nur den Staatsfunk, kein Kino, kein Theater, keine Bälle.

JULIA Claudia? Serafin? Ihr lebt? Dann ist mein Romeu ohne Schuld.

COUSINE De mortuis nihil nisi bene – sag nichts gegen meine Beine. Wir leben nicht.

JULIA Nicht?

SERAFIN Wi-wi-wir sind hier, dich zu re-re-retten. Du darfst dich nicht umbringen.

COUSINE Wir sind Engel.

JULIA Enkel? Von wem denn?

SERAFIN Engel, die sich ihre Flügel erst verdienen müssen.

COUSINE Wir haben viel falsch gemacht im Leben.

SERAFIN Aber dich können wir retten. Wenn wir es schaffen, kriegen wir Flü-flü-flügel.

COUSINE Darum nimm die Pillen nicht.

JULIA Aber es ist aus. Ich will nicht länger leben.

COUSINE Was ist das für eine Einstellung? Das wär ein Fehler.

SERAFIN Fehler macht jeder, aber du machst einen Fehler, der weh tut.

COUSINE Man muss das Leben nehmen, wie es kommt. Quod licet Iovi, non licet Bovi - schüttest alles obi, wirst zum Chauvi.

SERAFIN Pst. Hörst du die Glocken läuten?

COUSINE Immer wenn eine Glocke läutet, bekommt ein Engel Flügel.

SERAFIN Für uns sollen sie auch läuten.

COUSINE Darum müssen wir dich retten. Ora et labora, sperr die Ohren auf.

SERAFIN *sie beginnen zu streiten* Aber mit dieser egoistischen Person, dieser vormaligen Claudia Canale.

COUSINE Ich? Du bist ganz ruhig, Serafin Seifentatzl, du Person gewordener coitus interuptus. Wer hat denn alle seine Sünden abgestritten und gesagt, besser ich red mich raus, als man redet mir was ein.

SERAFIN Ich vielleicht? Deine Ohren sind doch immer noch verstopft mit Stolz und Hochmut. Du alte Krähe. Dir rinnt doch das Stowasser beim Schnabel raus.

COUSINE Geh zur Seite, du nimmst mir die Sonne weg, du Knoblauchpappen. Veni vidi vici - ich kam, sah und witzelte über dich.

SERAFIN Und du? Du gering fühlendes Wesen. Ich bin wenigstens ein Pascha.

COUSINE Du hast einen Pascher, du Schlaucherl.

SERAFIN Und du? Vertrocknetes Wesen. Du Person.

COUSINE Wenn du den Pförtner nicht so dumm gefragt hättest . . .

SERAFIN Der heißt Petrus. Und wer hat die himmlische Korruptionsbehörde Olaf . . .

COUSINE Wurst, jedenfalls . . .

SERAFIN Komm mit, wenn du dich traust.

COUSINE Wart, dir werd ich geben.

SERAFIN Traust dich eh nicht.

COUSINE Das werden wir gleich sehen, du Stiefelbrunzer.

SERAFIN Und du? Bist so verstrahlt wie Fukushima. Um dich müsste man ein Containment bauen.

COUSINE Du bist ein brutaler Mensch ohne höhere Interessen.

Beide ab

JULIA Ich hab hier diese beiden Pillen. Nehm ich beide, bin ich tot. Nehm ich nur eine, bin ich scheintot. Lust hab ich auf beide, aber nein, ich nehm nur eine, dann wird alles gut. Für tot wird man mich halten und bereuen. *Sie schluckt die Pille, legt sich hin, ist scheinbar tot*

VATER Julia! Julia, mein Kind. Komm schnell. Der Romeo. Man hat ihn gefasst. Es wird keine Anklage gegen ihn erhoben, weil es heißt, der Serafin hat die Canale, die selbst den Serafin getötet hat, umgebracht. Romeo ist frei. Julia. Hörst du mich. Alles wird gut. Julia. Was ist mit dir. Oh nein. Was muss ich sehen? Jetzt hat sie auch die Schlafkrankheit. Dass es auch immer diese unangenehmen Sachen sind, die man durch Erbschaft weitergibt. Julia! Wach auf. Wach auf. Verdammt. Aufwachen. Julia. Was? Du bist ja kalt wie ein Frappeé. Mein Kind. Ich bin frappiert. Das ist frappant. Dein Atem, ich spüre deinen Atem nicht. Kein Puls, kein . . . Julia. Mein Kind. Mein Butzischneuzi ist eingebrochen auf dem dünnen Eis des Sees, der Leben heißt und tot. Wer ist schuld? Diese Lavoirs. Dieser Romeo. Dieses noblige Gesindel. Und überhaupt. Nein, ich bin schuld. Ich selbst hab die Pillen ihr gegeben. Zwei Pillen. Moment. Dann ist sie gar nicht tot. Sie hat eine nur genommen. Da liegt die andere. Also wacht sie wieder auf. O, mein Kind, wie gescheit bist du, viel gescheiter als dein dummer, dummer alter Vater. Jetzt muss ich nur . . . Bulimio! Beichtl. Bulimio!

BEICHTL Gotthilf Gottlieb Gottfried Theophrast Amadeus Beichtl ist zur Stelle. Was ist los? Um Gottes Willen. Sehe alles. Julia ist tot. O, du armer Mensch,

Bruder, vertraue jetzt und in dieser Stunde deinem Herren, bete zu deinem Gott, der von mir vertreten wird . . .

VATER So tot ist sie gar nicht, aber egal, soll er es ruhig glauben. Bulimio, du musst sofort die Lavoirs holen, die Mutter, die Amme und vor allem Romeo. Alle drei, während ich hier die Totenwache halte.

BEICHTL Warum denn die?

VATER Frag nicht so blöd. Lauf.

BEICHTL Laufen schickt sich nicht. Schnell gehen werde ich. Zu schnell auch nicht. Zügig. Also normal. Ich defiliere, nein, ich promeniere wie es sich geziemt, gemessenen Schrittes.

1. AKT, 9

VATER *hält Totenwache, schläft ein* Julia, mein Kind. Du wirst sehen, alles wird gut. Uahhh, bin ich müde. Aber keine Sorge, ich beschütze dich, meine kleine Julia, mein Schneuzerl . . . er schläft ein. Dein Vater bewacht dich wie der isländische Finanzminister sein Budget . . . Uahhh . . . ist es hier finster, uahhh. Schlafen . . .

ROMEO *schleicht herein* Julia, mein Täubchen, bist du da? Julia, ich bin frei, frei für dich. Jetzt hol ich dir den Mond herunter, dann brauchst du keine Energiesparlampe mehr. Und wir können täglich Fiebermessen.

Lied nach „Love me tender“

Sei mei Gländer, hoilt mi fest, i bin ziemlich zu.
Du hast gmacht mi wirklich fett, und ich lieb dich so.
Sei mei Gländer, sei mei Hoilt, weil sunst fall i hin.
Fahrn ma, Darling, hoilt mi fest, weil i bsoffen bin.
Sei mei Gländer, sei mei Wogen, deck di zu, des spoart.
Kum jetzt her, i wart scho lang, des war wirklich hoart.
Sei mei Gländer, sei mei Hoilt, weil sunst fall i hin.

Fahrn ma, Darling, hoilt mi fest, weil i bsoffen bin.
Sei mei Gländer, sei mei Tir, sag mir, du bist mein.
I bin völlig zua von dir, so wird's immer sein.
Sei mei Gländer, sei mei Hoilt, weil sunst fall i hin.
Fahrn ma, Darling, hoilt mi fest, weil i bsoffen bin.

ROMEO Julia? Julia! Was ist mit dir? Du rührst dich nicht? Julia? Geliebte. Sag doch was. Dein Mund schmeckt leer und deine Augen sind jenseitig verdreht. Was ist denn los? Julia! Dein Puls fährt nicht mehr durch die Adern. Und dein Herz? Still wie ein plattgefahrner Igel. Tot? Das kann, das darf nicht sein. Julia! Geliebte, sag, dass das nicht wahr ist, sag, dass das nicht stimmt. Sag irgendwas. Julia! Wach auf. So rühr dich doch. Mach so was nicht, nein. Nein! Jetzt stürzen alle Universen ein und alle Farben werden schwarz. Hin ist alles, hin. Alle Worte, Hoffnung, alles Streben – lächerlich. Vorbei. Sogar die Luft schmeckt verfault. Alle Dinge schauen grauslich aus. Die Sonn grinst deppert runter, die Vögel keifen und die Bam san schiache Kreaturen. Julia! Komm zu dir! Julia! Ohne dich will ich nicht weiterleben. Soll ich vielleicht eine Bottich heiraten? Oder eine Hedi Häferl? Sandra Schaffel? Susi Schüsserl? Weiterleben wie bisher? Niemals! Ich wäre wie gelähmt, ein Zombie. Aus. Es ist vorbei. Ach Julia, ich wollt Kinder von dir haben, mit dir Urlaub in Mallorca machen. Zu spät. Vereint uns das Leben nicht, so muss es doch der Tod. Zwei Pillen hab ich hier, die Milli hat sie mir gegeben. Sie sind der Schlüssel für das Tor zu unserer Welt. Ach Julia. Bis gleich. Wir sehen uns im Jenseits. Sollen uns die Würmer fressen hier, sollen alle hier noch weiter wurmisieren, wir werden im Jenseits Fiebermessen ... ich habe Angst ... egal, ich würd sogar einen Maulwurfhintern fressen, wenn ich nur wieder bei dir ... *er schluckt die Pillen, stirbt* ... das dauert ... wenn ich nur ... bäh, ist das grauslich ...

Der Vater schnarcht.

JULIA Was ist geschehen? Wie dumpf ist mir? *erwacht, sieht den toten Romeo, ersticht sich* Ich weiß es wohl. Alles war abgemacht. Da liegt der Geliebte auch. Der Plan, er hat uns Glück gebracht, nun sind wir eins, es ist vollbracht. Wer hätte das gedacht. Wir werden ein großes Fest feiern von acht bis acht bis' kracht. Badewannenstupsel und Stupselin. Ich brauch ein Kleid mit Sherpa und Schuhe aus Kalbsgedärm und eine fünfstöckige Hochzeitstorte, Stühle mit Hussen. Die Musik muss spielen. Puten müssen uns Gedichte deklamieren. Romeu? Was ist mit dir? Zahlt eh alles mein Papa. Romeu? So rühr dich schon. Fiebermessen. Komm, küsse mich, dass dem Mond auf seiner Glatze Haare wachsen. Ah, ich glaube, ich habe deine finsteren Absichten durchschaut, du stellst dich tot, weil du nicht Fiebermessen willst. Jetzt schon? Romeu. Du? Gib mir zumindest einen Kuss. Schau, was ich hier habe? *Sie hält ihm ihre Brüste hin* Pfirsiche. Pflück sie dir. Spangenlanger Hansl, nudeldicke Dirn . . . Hallo! Du bist ja kalt, du rührst dich nicht, du hast keinen Puls und bist auch sonst so still. Hast du Holunder gegessen, so blau wie deine Lippen sind. Du bist krank? Nein? Romeu! Kalt wie ein Putzfetzen. Leblos wie Schimmel auf einem Speiserest. Dann bist du . . . tot. Der Plan ist schief gegangen, das Schicksal macht sich lustig über uns, wir haben uns verloren. Romeu! Verdammter Kerl. Egoist! Du Mannsbild. Ach Romeu, ich hasse dich, nein, ich . . . Dann nimm mich mit Geliebter, scheide auch ich aus dieser unbescheidnen Welt. Deine Achselhöhle sei mir Gruft. Was seh ich hier? Giftkapseln. Keine Prise ließ er mir. Denkt nur an sich. Ich will deine Lippen küssen, ach, hing doch noch ein wenig Gift daran. Wie? Lärm. Man kommt. Dann schnell, den Dolch, ein Schwert. Der Geliebte hat ja nur ein Schweizer Messer. Schnell die Scheide raus, abgebrochen, dann die Nagelfeile, nein, den Korkenzieher, gleich ins Herz damit, was soviel Flaschen schon geöffnet hat, eröffnet nun auch uns ein

Wiedersehen ... s macht Polp, der Stupsel ist heraußen, ich verblut. Baba, du schnöde öde Welt. Ade. Ich fahre hin. Da kommt auch schon der 13A und nimmt mich mit. Und tschüss.

SERAFIN Wir kommen schon. Wir kommen schon.
COUSINE Zu spät. Sind beide tot.
SERAFIN Nicht wahr.
COUSINE De gustibus non est disputandum, mit einem Ungustl streitet man nicht. Aber du bist schuld, weil du gestritten hast.
SERAFIN Ich? Die friedfertigste Person im Himmelszelt. Du.
COUSINE So kriegen wir nie Flügel.
SERAFIN Dann müssen wir dieses grausliche Gummibärenwasser trinken.
COUSINE Meine Schuld ist's nicht.
SERAFIN Ich vielleicht?
COUSINE Du bist doch hirntot, hängst an Schläuchen.
SERAFIN Du. Du Gaddafi.
COUSINE Und du? Du Kim Jong Il.
SERAFIN Du. Du Fekter.
COUSINE Strache.
SERAFIN Du Spindelegger.
COUSINE Und du? Du Feistmann.
SERAFIN Na wart, das geht zu weit, du, du Zingl.
COUSINE Du! Du Inter-Mailand Pokorny. Gaudeamus igitur – da hört sich die Gaudi auf.

1. AKT, 10
Alle stürmen rein

MUTTER Was sehen meine geschäftstüchtigen Augen da? Romeo und Julia? Beide ohnmächtig? Beide ... sind hin. Wofür habe ich dann bezahlt? Was haben sie getan? Diese dummen Kinder, verprügeln müsste man sie. Das kommt von diesen Idealen. Ein anständiger Mensch geht auf die Jagd oder zum Golf. Ein anständiger Mensch bringt sich nicht um.

BEICHTL Beide kalt.

AMME So kalt auch wieder nicht. Ich habe da so ein Gefühl.

MUTTER Was für ein Gefühl?

AMME Ein gutes.

MUTTER Die spinnt. Ach Romeo. Ich hab doch alles nur für dich getan, die Badewannenstöpsel, das Geschäft, ich hab doch alles nur gemacht, damit du es einmal besser hast. Sogar meine schroffe Art, dabei bin ich eigentlich ein weicher, sanftmütiger Mensch. *Schreit die Amme an* Und du, red nicht so deppert daher, du makrobiotische Milchdrüse. Und fang bloß nicht wieder mit deinem Heilfasten an. Auf diesem Ohr bin ich esoterisch. Ach Romeo.

VATER *erwacht* Ah, schon alle da. Wie ihr seht, hat eure Hartherzigkeit außer Schaden nichts gebracht. Julia ist tot.

AMME Und Romeo.

VATER Hätten wir ein bisschen anders reagiert, ein bisschen toleranter, offenherziger, menschlicher, Julia würde noch leben.

AMME Und Romeo.

VATER Hätten wir nicht unsere eigenen Interessen in den Vordergrund gestellt, Julia. . .

AMME Und Romeo.

VATER Und Romeo? Wieso Romeo? Was macht denn der hier? Ist der etwa auch? Tatsächlich. Diese Kinder. Sind sie nicht lustig. Tja, die Jugend heutzutage. Immer fällt ihr etwas ein. Aber keine Sorge, sie haben uns nur eine Lektion erteilt. Pillen nämlich, die ich von Pater Beichtl hab.

AMME Ich auch.

MUTTER Und wofür hab ich bezahlt? Was ist mit meinem Scheck?

VATER Pillen, die Julia . . .

AMME Und Romeo.

VATER Nur scheintot machen. Dabei leben sie.

MUTTER Wie? Sie leben?

VATER Aber ja, sie leben. Aufgewacht, ihr Kindlein. Aufstehen. Es ist genug. Jetzt ist alles gut. Helft mir mal. Aber was ist denn? Aufstehen. Aufwachen. Hallo.

MUTTER Rühren sich nicht.

BEICHTL Natürlich nicht, weil sie nämlich tot sind. Vergiftet mit Pillen, die ihr ihnen gegeben habt.

VATER, AMME Aber die waren doch von dir.

BEICHTL Im guten Glauben.

MUTTER *hat ein Stück Verpackung gefunden* Über erwünschte und unerwünschte Nebenwirkungen informiert Sie Ihr Arzt oder Apotheker.

VATER Julia hat außerdem ein Messer in der Brust.

BEICHTL Einen Korkenzieher.

AMME Dann sind sie wirklich beide tot? Da hilft kein Heilfasten und kein Qi Gong. Nicht einmal ein Baumstumpfseminar.

VATER *zeitgleich mit der Mutter* Ach Julia, mein Kind, mein ein und alles. Ich hab doch alles nur für dich getan, die Badewannenstöpsel, das Geschäft, ich hab doch alles nur gemacht, damit du es einmal besser hast. Sogar meine gutmenschliche Art, dabei bin ich eigentlich ein harter Hund. *Schreit die anderen an* Und du, schau nicht so deppert. Ach Julia. Das darf nicht wahr sein. Nein, ich glaub es einfach nicht. Wach sofort auf, störrische Ziege. Nein. Entschuldige. Schnäutzerl, komm . . .

MUTTER Ich hab doch alles nur für dich getan, die Badewannenstöpsel, das Geschäft, ich hab doch alles nur gemacht, damit du es einmal besser hast. Sogar meine schroffe Art, dabei bin ich eigentlich ein weicher, sanftmütiger Mensch. *Schreit die Amme an* Und du, schau nicht so deppert. Ach Romeo.

Kurze Trauer

Publikumsbeschimpfung

VATER Und jetzt hinaus! Zwischen Eingeladenwerden und Eingeladenwerden ist ein Unterschied wie zwischen Tag und Nacht.

BEICHTL Heimliche Liebe ist immer etwas Nobles, aber die Liebe zur Schau zu tragen, ist etwas Ordinäres.

AMME Wer ist schuld? Der Mond, der im Löwen steht? Die Gezeiten? Nein. Ihr mit eurer Gier und eurem Stolz.

VATER Wir? Wer spielt denn hier die Gräfin?

MUTTER Meine Familie ist nobel, da darf nichts empfunden werden.

VATER Geborene Tröpferlbad!

MUTTER Bassena.

BEICHTL Denkt an diese Chance. Die Publicity. Liebestod zerstört Badewannenstöpseldynastien. Hygieneartikeldynastien vom Aussterben bedroht. Damit kommen wir in alle Zeitungen. Damit werden wir bekannt. Wer bekannt ist, wird zu allem Möglichen befragt, wodurch man noch bekannter wird, man wird eingeladen zu Events und Charities und Prominentenrennen und Pokerturnieren, wodurch man noch bekannter wird, man bekommt auch mehr Aufträge, die man dann vor lauter Verpflichtungen zwar nicht annehmen kann, aber das macht nichts, denn man ist bekannt. Das ist unbezahlbar. Wer bekannt ist, lebt.

1. AKT, 11

Der liebe Gott, es blitzt, tritt auf als alter Mann, Kind oder Kühlschrank

GOTT Kinder, Kinder, so geht das wirklich nicht. Oder glaubt ihr nicht mehr an mich? Glaubt ihr, ich bin nicht da oben, stark durch Ewigkeit. Glaubt ihr, ich weiß nicht, was hier herunten vorgeht? Kinder, Kinder. Denkt nicht, alles das bleibt ungestraft. Ständig redet ihr euch raus mit: weil es halt so Brauch ist. Glaubt ihr, ich brauch eure Bräuch? Brauchts nicht glauben. Glaubt ihr, ich bin ein Geschöpf, das sich betrügen lässt? Ich bin der Schöpfer! Und kein kleines Schöpferl vom Schöpfwerk oder aus Schöpfenbrunn, das euch schröpft. Kinder, Kinder. Ihr seids a üble unschöpferische Brut. Und ich hab euch erschaffen. Nicht gut, s war vielleicht ein Fehler. Aber glaubt nicht, dass das alles ohne Sühne bleibt. Glaubt das nicht. Kinder, Kinder. Andererseits, wir sind im Lustspielhaus. Da ist sich noch immer alles ausgegangen. Also wird auch heuer so wie jedes Jahr das junge Liebespaar gefälligst wieder auferstehn, pardon, aufstehn und in eine hoffnungsfrohe Zukunft sehen. Die bösen Eltern werden bereuen und den Bulimio, diese garstige Grätzen, trifft der Schlag. So mach ma's, basta. Weil ich es so mag.

Es blitzt wieder

1. AKT, 12

ROMEO Komisch, mir war so . . .

JULIA Was hab ich da gehört?

ROMEO Was is das für ein stählerner Gschmack im Mund? Schmeckt ein bisserl giftig.

JULIA Was steckt denn mir da in der Seiten, kein Wunder, wenn ich Seitenstechen hab. Und alles voller Blut? Das schöne Kleid?

MUTTER Romeo! Du lebst?

ROMEO Mama! Julia! Das muss der Himmel sein, schaut erdig aus.

VATER Julia!

JULIA Papa! Romeu! Bin ich jetzt tot?

VATER Nein, ihr lebt.

AMME Jetzt ist alles gut.

ROMEO Was ist geschehen? Mir ist so ... direkt damisch.
MUTTER Eine kollektive Halluzination.
AMME Kosmische Schwingungen.
VATER Und was ist mit Bulimio?

Selbiger liegt tot am Boden mit einem riesigen Zeigefinger in der Brust

MUTTER Der rührt und rülpst sich nicht mehr.
AMME Homöopathisch schaut er aus. Der braucht Globoli, aber kürbisgroß.
VATER Seine bösen Taten sind gerächt.
AMME So bös war er gar nicht, nur verstockt. Aber ausleiten lassen wollt er nicht, nur ausläuten.
MUTTER Und ausrichten. Hauptsache der Romeo ist wieder gricht.
VATER Und die Julia.
BULIMIO Also ich find das gemein, jetzt wo die Kinder gar nicht tot sind, gar nicht tot sein können, weil die Pillen gar nicht tödlich sind und der Korkenzieher abgebrochen ist. Warum soll dann ich der Böse sein? Die Welt ist ungerecht – und der Himmel noch viel mehr. Mir reicht's. Ich geh ins Kloster.
AMME Aber wieso denn gleich ins Kloster, meditieren kann man auch hier.
MUTTER Romeo, jetzt komm.
ROMEO Aber.
MUTTER Nichts aber, wir gehen.
ROMEO Schön für dich.
MUTTER Werd nicht frech. Wir gehen und du kommst mit.
ROMEO Sicher nicht.
MUTTER Was willst du denn mit diesem Schleim, schaut aus wie ein Kontrastmittel für Gallenblasen.
ROMEO Mutter! Ich bin sprachlos.
MUTTER Schön für dich. Aber was willst mit der Kloake? Schau nicht so, ich rede, wie's mir passt.
JULIA Und wir? Was wird aus uns? Papa, sag doch was.
VATER Ihr könnt euch abschminken.

JULIA Nein! Ihr! Gott wird euch dafür strafen.
ROMEO Ich glaub, das hat er schon getan.
JULIA Gott fürchtet sich vor Ihnen.
Duett: Dass ihr unnedich seids . . .
Es läutet und ein Brief wird reingeschmissen
AMME Ein Brief.
VATER *liest.*
MUTTER Und? Wegen der Gerichtsverhandlung?
AMME Bassena gegen Lavoir hat ohne euch stattgefunden.
BULIMIO Man hat sich verglichen.
VATER Von deinem Mann und meiner Frau.
ROMEO Wie? Von Papa?
JULIA Was? Mama? Die sind doch tot.
MUTTER Für tot erklärt.
VATER Tatsächlich haben sie uns sitzen lassen.
MUTTER Sind nach Gran Canaria geflohen, gemeinsam. Mein Mann und seine Frau.
VATER Darum hassen wir uns ja.
JULIA Dann versteh ich nicht, warum ihr nicht auch zusammengekommen seid?
VATER Weil wir uns nicht trauten.
MUTTER Ich bin ja immer auf dich gestanden, Spritzi.
AMME Spritzi?
VATER Mein Spritz, äh, Spitzname. Ich auch, aber das war ja unmöglich, ging nicht.
MUTTER Nacht für Nacht hab ich nur davon geträumt, dass du mich in deinen Armen hältst und zu Mus zerquetschst.
VATER Und ich erst, Toni. Was hab ich davon geträumt, dich zu Mus zu zerquetschen. Schon damals, als du noch keine Lavoir warst, sondern eine Tröpferlbad.
MUTTER Ach, Spritzi.
VATER, MUTTER Die eigene Vergangenheit hat mich entwaffnet.
AMME Hmmmphmm? Was schreiben sie?

VATER Sie sind verheiratet seit 20 Jahren. Das vermeintliche Paradies hat sich entpuppt als Horror der Idylle, es ist schrecklich langweilig. Die Bevölkerung unsagbar untragbar servil und fad, die Küsten mit Hotels verbaut, alles leblos. Das Lebendigste sind noch die Austern, wenn man sie mit Zitronensaft beträufelt.

MUTTER Gib her! *sie entreißt ihm den Brief, liest* Sie sind unermesslich reich mit Dienern und Palmen und Swimmingpools voll Kokosmilch und laden uns ein zu sich, wenn wir uns nur wieder vertragen. Sie möchten ihre Kinder sehen, weil sie glauben, Romeo und Julia könnten gut zusammenpassen. Wenn dem so ist, würden sie ihnen, also euch, eine Finca überlassen. Und wenn sie auch uns vereinigt sehen, investieren sie einen Gutteil ihres Vermögens in Badewannenstöpsel.

VATER Ich glaub, wir können es uns leisten, darauf zu verzichten. Aber wir wollen nicht.

MUTTER Ach Spritzi-Schatzi, das gibt a Fusion.

BULIMIO Und a Infusion.

VATER Toni komm her, verrückte Nudel. Was hab ich mich die ganze Zeit nach dir gesehnt.

AMME Ich glaub, das gibt a Doppelhochzeit – mit mir als Brautjungfer.

BULIMIO Und ich werds trauen, wenn man mich lässt. Und wenn dir da oben das nicht passt, tret ich aus der Kirche aus und werd Esoteriker.

AMME Bulimio!

Bulimio beginnt zu singen, die anderen setzen ein

Schlusslied, nach „Marina, Marina"

Mei Sohn is tot und i sag nur nie wieder,
Werd i so garstig sein und hau an nieder.
Sei Leich und seine Ehre lagen mir im Ohre:
Sei offen, tolerant, das ist das einzig Woahre.
Sei a gute Mensch und schwöre schwöre,

Kehr nur noch vor deiner eigenen Türe
Und liebe alle Menschen, Vögel, Tiere
Vergiss dein Egoismus, sei net grantig, zwieder.
Nie wieder, nie wieder, nie wieder.
Das Gutsein soll ja um so vül besser sein.
Nie wieder, nie wieder, nie wieder.
Das Gutsein soll ja um so vül besser sein.
Knie nieder vor Amore.
Jo, jo, denn Gott bewohre,
Uns vor allem Streit und Zore-s.
Oh na na na na na.
Knie nieder vor Amore.
Jo, jo, denn Gott bewohre,
Uns vor allem Streit und Zore-s.
Oh na na na na na.
Mei Bua war tot und jetzt hab ich ihn wieder,
muass kaufen ihm ka Grab und a kan Flieder.
Die Leut und alle Nachbarn singen mir im Chore:
Sei a bisserl freundlicher, das ist das einzig Woahre.
Sei immer gut drauf und gelobe, -lobe,
Nie mehr grundlos fluche oder tobe,
Und liebe alle Menschen wie Schwestern, Brieder
Vergiss dein Egoismus, sei net grantig, zwieder
Nie wieder, nie wieder, nie wieder.
Will i so ein Ungustl sein.
Nie wieder, nie wieder, nie wieder.
Will i so ein Ungustl sein.
Knie nieder vor Amore.
Jo, jo, denn Gott bewohre,
Uns vor allem Streit und Zore-s.
Oh na na na na na.
Knie nieder vor Amore.
Jo, jo, denn Gott bewohre,
Uns vor allem Streit und Zore-s.
Oh na na na na na.
I habs im Gmiat und bin hoilt a Schlawiner,
A raunzender Grantscherm, Gschamstadiener,

Wann i was gern tua, dann is es sudern,
Über andre Leite Schwächen kudern.
Bin mieselsüchtig, intrigant und hab Komplexe.
Das is der Grund, warum ich gern verletze,
I mag mi selbst net und bin bieder,
Über mi und meinesgleichen gibt es 1000 Lieder.
A Wiener, a Wiener, a Wiener.
Das liegt an im Bluat und ändert si nie.
A Wiener, a Wiener, a Wiener.
Das liegt an im Bluat und ändert si nie.
I hab an guaten Riacha.
Jo, jo, i bin a Kriacha,
Vor Mocht und Göld und Kircha.
Oh na na na na na.
I hab an guaten Riacha.
Jo, jo, i bin a Kriacha,
Vor Mocht und Göld und Kircha.
Oh na na na na na